沒有聲音的女人們

WOMEN TALKING

Miriam Toews

米莉安·泰維茲 著　李建興 譯

獻給 Marj
我記得那個笑聲

還有 Erik
我們又笑了

創作緣起

二〇〇五到二〇〇九年間，在玻利維亞的偏遠門諾教派社區（以加拿大省分命名為曼尼托巴社區，以紀念一九〇〇年代中期這些移民離開的老家），上百名少女和婦女有時早上醒來感覺暈眩疼痛，身上瘀青流血，像在半夜被強暴過。犯人被歸類於妖魔鬼怪。有些社區成員認為婦女是被上帝或撒旦強迫受苦作為她們原罪的懲罰；很多人指控婦女們藉由說謊來吸引注意或隱瞞通姦；也有其他人相信一切都是女性放蕩幻想的結果。

最後實情曝光，社區裡有八名男子一直使用獸醫麻醉劑迷昏受害人再強暴她們。二〇一一年，這些人在玻利維亞法院被定罪，判處長期徒刑。然而在二〇一三年，這些人仍在服刑中，據報該社區仍持續發生類似的攻擊與其他性侵案。

本書乃是透過虛構，對上述真實事件與女性幻想行為兩者的回應。

——米莉安・泰維茲

1.

2.

3.

婦女會議紀錄

二〇〇九年六月六日與七日在莫洛奇納社區的會議，由奧古斯特・艾普記錄。

出席人員

羅溫家的婦女

葛瑞妲　最年長者
瑪莉許　葛瑞妲的大女兒
梅嘉兒　葛瑞妲的小女兒
奧潔　梅嘉兒的女兒

弗里森家的婦女

艾嘉塔　最年長者
歐娜　艾嘉塔的大女兒
莎樂美　艾嘉塔的小女兒
奈婕　莎樂美的甥女

六月六日

奧古斯特・艾普，會議之前

我是奧古斯特・艾普——此事別無其他目的，只因我受人委託擔任這場婦女會議的紀錄者，因為她們是文盲無法自己寫。既然紀錄如下，而我是會議紀錄者（我也是學校老師，天天指導我的學生做同樣的事），我覺得我的名字應該跟日期一起列在卷首。莫洛奇納社區的歐娜・弗里森問我能不能幫忙做紀錄——不過她沒用「會議紀錄」這個字眼，而是問我能否記下這場會議，製作一份關於她們的文件。

這段對話發生在昨晚，我們站在她家和我回到社區七個月以來住的小屋之間的泥土小路上。（據莫洛奇納主教彼得斯的說法，這只是臨時安排。「臨時」意思可長可短，因為彼得斯並不採用一般人對時間與日期的計算方式。我們無論在這裡或在天堂，都是永恆，我們只要知道這點就夠了。社區的主要房屋都供家庭使用，而我單身，所以我可能會繼續住在這棟小屋，永遠的，我倒也不太在意。它比牢房大，夠讓我和一匹馬居住。）

我和歐娜交談時避開陰影。我們談話中，風一度吹動她的裙子，我感覺到裙襬摩擦我的腿。因為陰影逐漸拉長，我們側步走進陽光下，一次又一次，直到陽光消失，歐娜笑著向夕陽揮舞拳頭，罵它叛徒、懦夫。我忍住向她解釋地球有兩個半球的念頭，我們必須跟另一半的世界共用太陽，如果你從外太空觀察地球，一天內就能看到多達十五次日出日落——或許跟全世界分享太陽可以讓我們學習分享一切，學會一切都屬於每個人！我終究只有點點頭。對，太陽是懦夫，像我一樣。（我保持沉默，因為我傾向相信世界如此豐盛，大家都可以分享一切，結果不久前我因此坐牢。）事實上，我的對話技巧不太高明，卻不幸地會為了未能表達的念頭痛苦得分分秒秒如坐針氈。

歐娜又笑了，笑聲給了我勇氣，我想問她我這個人是否令她想起邪惡，社區的大家是否這樣看我，邪惡，不是因為我坐過牢，而是很久以前，我坐牢之前發生的事。不過當然，我只是答應做紀錄而已。除了同意別無選擇，因為我願意為歐娜·弗里森做任何事。

我問她如果婦女們無法閱讀，為什麼想要做會議紀錄？歐娜深受精神崩潰之苦[1]，容易緊張——我也一樣，我的姓氏艾普源自白楊樹（Aspen），顫抖的白楊樹，這種樹的葉子會顫抖，因為葉子動個不停，有時也被稱作婦人舌——她這麼回答。

今天一大清早，她看到兩隻動物，松鼠和兔子。歐娜看著松鼠全力奔跑，攻擊兔子。就在松鼠即將觸及兔子時，兔子跳上空中兩三呎高。那隻松鼠看起來感到迷惑，至少歐娜這麼認為，牠轉身又從另一個方向撲向兔子，卻再度撲空，因為兔子在最後一瞬間高高躍起，避開跟松鼠接觸。

我喜歡這個故事，因為是歐娜說的，但我不太懂她為什麼說這些，這跟會議紀錄有什麼關係。

牠們在玩啊！她告訴我。

是嗎？我問她。

歐娜解釋：或許她原本不該看到松鼠和兔子玩耍。當時很早，只有歐娜在社區到處亂晃，頭髮沒有包好，衣服也沒有穿得很整齊，看起來很可疑——照彼得斯形容她的話，像魔鬼的女兒。

但是妳確實看到了？我問她。這場祕密遊戲？

她說，對，我親眼看到了——在這瞬間，講故事的時候，眼神興奮地發亮。

‡

會議是艾嘉塔・弗里森和葛瑞妲・羅溫為了應對這幾年來困擾莫洛奇納婦女們的怪異攻擊事件而倉促召集。打從二〇〇五年，幾乎每個女孩和婦女都被大多數社區成員認為是鬼怪或撒旦的東西強暴過，而且推測是她們罪孽的懲罰。事情發生在半夜。她們的家人熟睡時，女性被一種以顛茄為原料用於農場牲畜的噴霧麻醉劑迷昏。她們隔天早上醒來會感到疼痛、暈眩，而且經常流血，搞不懂怎麼回事。

---

1 Narfa，低地德語，精神崩潰之意。

最近，出手攻擊的八隻惡魔被揭露是真實的莫洛奇納本地人，其中很多是女方的近親——兄弟、表兄弟、叔姪之類。

我勉強算認識其中一個。他和我是小時候的玩伴。他知道所有行星的名稱，至少他掰得出來。他給我取的綽號是Froag，在我們的語言是「問題」的意思。我記得我跟父母離開社區前想要跟他道別，但我媽告訴我，他十二歲的臼齒有些毛病，不幸感染必須待在臥室。現在，我不確定那是真的假的。無論如何，我們離開之前他或社區裡的任何人，沒有一個人跟我們道別。

其餘的犯人年紀比我小得多，有的在我跟父母離開前還沒出生，有的是嬰幼兒，我對他們沒什麼印象。

莫洛奇納如同我們的所有社區，是自行執法的。起初彼得斯打算把那些人關在小屋裡（類似我住的這棟）幾十年，但是不久發現那些人會有生命危險。歐娜的妹妹莎樂美用鐮刀攻擊其中一人；還有一群受害人的男性親戚喝醉盛怒下把另一名犯人的手吊在附近的樹枝上。他就死在樹上，顯然是被遺忘了，因為那些醉到發怒的男人醉倒在樹旁的高粱田裡。事後，彼得斯跟其他長老決定找來警察逮捕那些罪犯——應該是為了他們的人身安全——帶到城裡去。

社區裡剩餘的男人（除了癡呆或老弱，和我本人，有難言之隱的）全進城去幫被囚禁的罪犯們申請保釋，希望他們在等候審判時能夠先回莫洛奇納。罪犯們回來之後，莫洛奇納的婦女們便有機會原諒這些人，藉此保障每個人在天堂的位子。彼得斯說，如果婦女們不原諒，婦女們就必須離開社區，到她們一無所知的外界去。婦女們集合共識的時間很短，只有兩天。

昨天，歐娜告訴我，莫洛奇納的婦女投票了。選票上有三個選項。

1. 什麼也不做。
2. 留下來反抗。
3. 離開。

每個選項都附有說明的插圖，因為她們不識字。（補充：我不是故意不斷指出婦女們不識字，只在有必要解釋某些行為時。）

十六歲的奈婕・弗里森畫了插圖，在她母親米娜・弗里森過世後，她的監護人現在是她阿姨莎樂美・弗里森（幾年前奈婕的父親巴爾塔薩，被彼得斯派到社區的偏遠西南角去採買十二匹幼馬，至今還沒回來）：

「什麼也不做」的插圖是空曠的地平線。（不過我暗自認為，這也可以用來代表離開的選項。）

「留下來反抗」的插圖是兩個居民拿著沾血的刀子打鬥。（大家都認為太暴力，但是意思很清楚。）

而「離開」選項的插圖是一匹馬的屁股。（我又暗自認為，但是沒說破，這暗示著某些婦女看著**其他婦女**離開。）

投票結果第二和第三項形成僵局，血腥持刀決鬥和馬屁股圖。首先，弗里森家的婦女想要留下來反抗。羅溫家的人則傾向離開，不過有跡象顯示兩方陣營都有人改變主意。

莫洛奇納有些婦女投了什麼也不做，交給上帝作決定，但她們今天不會出席。最支持「什麼也不做」的婦女疤臉珍絲，她是社區的忠堅分子，本地的接骨師，她還以擅長估算距離的眼光著稱。她向我解釋過，身為莫洛奇納人，她想要的什麼都有了，她只需要說服自己她需要的不多。

歐娜告知我，激烈的反崇拜偶像者莎樂美．弗里森在昨天的會議中指出「什麼也不做」其實不算選項，但是允許婦女們**投給**「什麼也不做」至少能給一點權力。梅嘉兒（在門諾低地德語的意思是「女孩」）．羅溫也認同，她是個友善、兩根指尖被燻黃的老菸槍，我猜想她一定有什麼祕密生活。但是歐娜告訴我，梅嘉兒也指出莎樂美．弗里森並未被推舉為宣告現實狀況或有什麼選項的代表。羅溫家的其他女人明顯地點頭同意，同時弗里森家的女人以迅速不屑的手勢表達不耐煩。弗里森家和羅溫家兩派辯論中充滿了這類的小衝突。然而，因為時間有限急需作決定，莫洛奇納的婦女一致同意讓這兩家人辯論每個選項的優缺點——但排除社區大多數婦女斥為「愚蠢」的什麼也不做選項——再決定哪個合適，最後選擇實行該選項的最佳方式。

翻譯附記：婦女們講門諾低地德語，又稱低地德語，這是她們唯一會的語言，莫洛奇納社區所有人的共通語。不過莫洛奇納的男孩目前在學校也學一點初階英語，男人們還會講一點西班牙語。門諾低地德語是中世紀的口說語言，瀕臨滅絕，混雜了德語、荷語、波米蘭方言和菲士蘭語。世界上很少人講門諾低地德語，會的人都是門諾派信徒。我提起這點是要說明，在我記述會議紀錄之前必須先（在我腦中很迅速地）把她們說的話翻譯成英語，這樣才能寫下來。

還有一件事，同樣跟婦女辯論無關，但有必要在此文件中解釋我為何能讀寫與聽懂英語：我是在英國學會的，當年我父母被莫洛奇納主教老彼得斯，現任主教彼得斯之父逐出教會之後就遷居該國。

在那邊的大學第四年，我發生了精神崩潰，被捲入某些政治活動，後來因此被驅逐監禁了一段時間。坐牢期間，我父親失蹤，母親去世。我沒有兄弟姊妹，因為我出生後母親就切除了子宮。簡單說，我在英國無親無故又身無分文，不過服刑期間我撐過來了，透過函授完成教師學位。艱困之下，無家可歸又半瘋狂——或者全瘋——我決定自殺。

我在離暫住的公園最近的公立圖書館研究各種選項時，我睡著了。我睡了很久很久，直到被館員輕輕搖醒，她告訴我該離開了，圖書館要閉館。老太太館員注意到我哭過，看起來邋遢又狂亂。她問我怎麼了。我說了實話：我不想活了。她提議請我吃晚餐，我們在圖書館對街的小餐館吃飯時，她問我是從哪裡來的，哪個地區？

我回答我出身的地方被建立成自己的小世界，與世隔絕。我跟她說，在某個角度上，我的同胞（我記得反諷地強調「同胞」這個字，然後立刻覺得丟臉，低聲請求原諒）不存在，至少外界不該知道他們存在。

她說，或許再過不久你就會相信自己真的不存在，或你的實際肉體存在很反常。

我不確定她的意思，像長蝨子的狗似的憤怒地抓頭。

她問道，然後呢？

我告訴她，短暫地上大學，然後坐牢。

唉，她說，或許這兩者並不互斥。

我傻笑說，我入侵這個世界的結果是我被逐出世界。

就像你被帶進這個世界不是為了存在，她笑說。

這點我們都同意。對，我說，努力陪她笑。為了不存在而出生。

我想像嬰兒時期嚎哭的自己從母親的子宮被取出，然後子宮被匆忙割掉丟出窗外，以防發生任何令人厭惡的事——分娩、小孩、裸體、她的羞恥，他的羞恥、他們的羞恥。

我告訴圖書館員，很難解釋我從哪裡來的。

我遇見一位來自古老土地的旅人，館員說，顯然是引述她喜愛的詩人。[2]

我還是不確定她的意思，但是點點頭。我解釋我原本是來自莫洛奇納社區的門諾派信徒，我十二歲時父母被逐出教會，舉家搬到英國。我告訴館員，沒人跟我們道別（說出這麼悽慘的事，我永遠引以為恥）。多年來我以為我們被迫離開莫洛奇納，是因為我被逮到去隔壁的科提札社區農場偷梨子。我在英國學會讀書寫字，我在一大片綠地上用石頭拼出我的名字想讓上帝快點找到我，完成對我的懲罰。我也試過用我們家花園圍籬的石頭拼出「認罪」這個字，但是我母親莫妮卡發現我們家跟鄰居家之間的石牆逐漸消失。有一天她跟著我，沿著獨輪手推車在泥土上留下的狹長軌跡到綠地上，發現我正在向上帝告解，用圍籬的石頭排成大字，標出我的位置。她叫我坐到地上環抱著我，什麼也沒說。過了一會兒，她叫我把圍籬恢復原狀。我問她可不可以等上帝找到我給予懲罰之後，再把石頭放回去。我等候懲罰等得精疲力盡，想趕快解決這件事。她問我為何認為上帝打算懲罰我，我說出偷梨子的事，還有對於女孩子的邪念，我的圖畫，還有想贏得運動比賽變強壯的慾望。我虛榮、好勝還有慾念。當時母親大笑，擁抱我，並為了發笑道歉。她說我是個正常

2 英國詩人雪萊（1792-1822）的詩作〈奧茲曼迪亞斯〉（*Ozymandias*）。

男生，我是上帝的孩子——不管別人怎麼說，上帝是慈愛的——但是石牆不見了，讓鄰居很苦惱，我得把石頭放回去。

我全都告訴了圖書館員。

她說她能理解我母親為何那樣說，但是換成是她，如果她是我母親，她會說別的話。她會說我不正常——我很天真，沒錯，但是即使我沒做錯什麼事，卻對原諒有異常深刻的需求。她說，我們大多數人會藉由感傷過去來卸除自己改變的責任。然後才能活得自由快樂，或即使不太快樂，也不會太痛苦。館員太太笑了。她說如果是她跟我在那片綠地上，她會設法幫我找到被原諒的感覺。

不過具體說，原諒什麼呢？我問她。偷梨子，畫裸女圖嗎？

不，不是，館員說，原諒我活著，活在這世界上。為了繼續活下去的傲慢與徒勞，生命的荒謬，生命的惡臭，生命的不可理喻。那是你的感覺，她補充說，你的內心邏輯。你剛向我解釋過了。

她繼續說，在她看來，懷疑、不確定和質疑都跟信仰密不可分。她說，信仰是豐富的人生，處世的方式，你說是吧？

我微笑，抓抓頭。處世，我說。

你對莫洛奇納有什麼記憶？

歐娜，我說。歐娜．弗里森。

我開始告訴她跟我同齡的女孩歐娜．弗里森的事，就是現在要求我做會議紀錄的人。

我和圖書館員的長談多半是我在講話，不完全只聊歐娜，還有我們怎麼玩耍，我們怎麼用光線的長短細微變化測量季節；我們怎麼扮作被領袖耶穌誤解為背叛，死後被譽為英雄的門徒；我們怎麼用圍籬柱子玩騎馬槍術比武（像騎士般，也像歐娜的松鼠和兔子全力奔跑）；我們如何接吻，如何吵架。然後，館員建議我回去莫洛奇納，回到我覺得人生有意義的地方，即使很短暫，即使想像在漸弱的陽光下玩耍，然後要求主教（跟我母親同齡的小彼得斯）接納我成為社區的一員。（我沒告訴館員這表示也要請求彼得斯原諒我父母的罪過，關於私藏、散播與宣傳知識性資料的罪過，即使那些資料只是我父親在城市的學校後方垃圾堆，發現的藝術書籍中的名畫照片，即使他是因為看不懂內文，而跟其他社區居民分享那些圖。）她也建議我自願教導莫洛奇納的男孩學英文，為了跟外界往來他們會需要這種語言。她還說我最好再跟歐娜．弗里森交朋友。

我沒什麼好怕的。我誠心接受了這個建議。

館員請她老公在他的機場接送服務公司給我一份司機的工作，雖然我沒有有效駕照，還是幹了三個月存夠錢買機票回莫洛奇納。這段期間，我睡在一家青年旅社的閣樓。半夜感覺自己腦袋快要爆炸時，我會強迫自己盡量靜止躺好。每天晚上在旅社裡，當我靜靜躺在床上，閉上眼睛會聽見很片段模糊的鋼琴聲，沉重的和絃，沒有人聲。某天早上我問打掃旅社也睡在這裡的人，夜裡有沒有聽過沉重模糊的鋼琴聲。他說沒有，從來沒有。最後，我發現半夜感覺頭痛欲裂時聽到的那首曲子，是聖歌〈祢信實何廣大〉，我聽到的是自己的喪禮。

彼得斯穿著跟亡父一樣或大約相似的黑色長靴，考慮了我回歸社區的請求。最後他說只要我在長老們面前斷絕跟父母的關係（即使他們已經去世或失蹤），受洗加入教會，答應教男孩們基礎英文與數學交換住所（先前提到的小屋）跟每日三餐，他就同意。

我告訴彼得斯我會受洗並教導男孩們，但是不會斷絕跟父母的關係。彼得斯不太高興，但因為急著讓孩子們學習會計，他還是接受了。可能因為我跟父親很像，我的外表令他不安。

‡

我在二〇〇八年春天抵達時，關於神祕的夜間騷擾只有些片段耳語流傳。我的學生科內留斯寫了首題為〈曬衣繩〉的詩，描述他母親曬衣繩上的床單和衣物會講話，互相交談，會傳消息給其他曬衣繩上的衣物。他向全班朗讀整首詩，男孩子都笑了。這裡房屋的間隔很遠，無論室內戶外都沒有電燈。每到夜晚房屋簡直是小墳墓。

那天下午回小屋途中，我看到莫洛奇納的曬衣繩，看到婦女的衣物在風中飛舞，還有男人的長袍、桌布、寢具與毛巾。我仔細聆聽但是聽不清它們說什麼。現在我認為，或許因為它們不是在跟我說話。它們是在互相交談。

我回來之後的一年內，婦女們敘述她們做的夢，後來，隨著碎片拼湊起來，她們發現大家做的是同一個夢，而且那根本不是夢境。

聚集開會的弗里森家和羅溫家的婦女各自代表三個世代，全都是攻擊事件的重複受害者。我簡單地算了一下。二〇〇五到二〇〇九年間，三百多個莫洛奇納的女性在自己的床上被迷昏性侵。性侵事件平均每三、四天發生一次。

最後，莉索．紐史塔特夜復一夜強迫自己保持清醒，結果逮到一個年輕人撬開她的臥室窗戶，手上拿著一瓶顛茄噴劑。莉索和她的成年女兒跟他在地上扭打，用捆貨繩把他綁起來。當天上午稍後，彼得斯被帶進房子裡質問這個年輕人格哈德．許倫伯格，格哈德點名另外七個人也涉及性侵行為。

莫洛奇納社區幾乎每個女性都被這八個人侵犯過，但是大多數（除了年紀太小不懂是怎麼回事的女孩，還有以疤臉珍絲為首，已經選擇什麼也不做的婦女）在她們名字旁邊畫個X表示她們自願（許多人還很高興）不出席商討如何回應的會議。相反地，她們會為社區的福祉奉獻，扛起男人外出期間各種五花八門，只要一天不管就會大亂的日常工作，尤其是擠奶和餵養牲畜。

弗里森和羅溫兩家人裡最年輕、腳程最快的奧潔和奈婕答應當天會議結束，等所有人回到家之後，會口頭通知社區裡其他婦女。

此時，在我們今早默默聚集的穀倉乾草閣樓裡，我等候執行歐娜要求我做的工作。

六月六日

一開始我們互相洗腳。這需要花點時間。每個人各自洗坐在右邊的人的腳。洗腳是艾嘉塔・弗里森（歐娜和莎樂美・弗里森的母親）提議的。她說，這會是適當的象徵行動，代表我們互相服務，就像耶穌心知他的死期到了，在最後的晚餐幫門徒洗腳。

八個女人中有四個穿了白襪與塑膠涼鞋，兩個穿了堅韌的皮鞋，鞋底磨損（其中一人還把側面割開，好容納變大的拇趾囊腫），加上白襪，另外最年輕的兩人穿了破損的帆布運動鞋，也搭白襪。莫洛奇納的女性總是穿白襪，好像有個規矩是襪頂必須高到衣服的下襬。

最年輕的兩人，穿運動鞋的奧潔和奈婕，叛逆地（但很有型）把她們的襪子往下捲，變成圍繞腳踝的小甜甜圈。腳踝上方，露出一截皮膚，在襪子和洋裝下襬間清晰可見，皮膚上有幾吋蟲咬痕跡（可能是黑蠅和恙蟎）。她們倆露出的部位看得到繩索擦傷或割傷留下的模糊傷疤。奧潔和奈婕都是十六歲，洗腳時很難保持表情嚴肅，互相咕噥著好癢，努力像她們母親、阿姨和祖母一樣在每次洗腳後用嚴肅的語氣向對方說「上帝保佑妳」時，差點忍不住笑出來。

‡

羅溫家最年長的葛瑞妲．羅溫先開口（雖然她出生時姓佩納）。她散發出深沉憂鬱的氣勢，談起她的愛馬，露絲和雪若。她描述露絲（瞎了一隻眼，永遠必須排在雪若的左邊）和雪若在上教堂的一哩路上如何被杜克家的羅威納犬驚嚇，牠們的原始本能就是暴衝。

她說，我們見過這種事。（簡短講完幾句宣示之後，葛瑞妲習慣對天舉起她的雙手，低下頭瞪大眼睛，好像在說：這是事實，你懷疑我嗎？）

葛瑞妲解釋，那兩匹馬被杜克的笨狗嚇到時，不會召開會議去決定下一步行動。牠們會跑走。這麼做才能避開惡犬與潛在傷害。

弗里森家最年長的女性艾嘉塔·弗里森（出生時姓羅溫）像平常一樣迷人地大笑同意。她說，可是葛瑞妲，我們不是動物。

葛瑞妲回答我們就像動物一樣被捕獵，或許我們該比照回應。

歐娜問，妳是說我們該逃跑嗎？

莎樂美問，或殺死攻擊我們的人？

（至此一直沉默的葛瑞妲長女瑪莉許，輕輕發出一聲冷笑。）

備註：如前所述，莎樂美·弗里森真的用鐮刀攻擊犯人，因此犯人們馬上被彼得斯和長老們援救，把警察找進社區。在莫洛奇納歷史上從來沒有報警過。為了保護他們，凶手都被帶進城裡。

之後莎樂美請求彼得斯和長老們原諒她的輕率行為，但即使如此，她的怒氣只是像火山勉強抑制。她的眼神從不靜止。即使有一天，她像女人被形容無法「生蛋」一般無話可說了，我相信每當莎樂美從不公不義感受到被壓抑的情緒，她還是會表達意見，並做出令人畏懼的事。莎樂美沒有心靈之眼，沒有獨處的喜悅。她從不亂晃。她也不會寂寞。她的甥女奈婕比較習慣亡母米娜相對溫和的作風，但現在由莎樂美照顧，所以會和她保持距離。奈婕不斷畫圖，或許是為了用穩定沉默的紙上線條平衡她阿姨像熔岩般狂野的語言噴發吧。（除了畫圖技巧，我聽說奈婕也是莫洛奇納估算東西的第一高手——麵粉、食鹽、豬油——能算準裝進任何特定容器的數量，不會浪費物資也不浪費空間。）

艾嘉塔．弗里森不受莎樂美的表態影響（她已經引用《傳道書》形容莎樂美的脾氣是太陽底下沒有新鮮事，就像風從北方吹來、所有溪河流入海洋等等。莎樂美聞言回應說，她的意見不該被歸類於老套的舊約標題，而且拜託，女人竟然自比為動物、風和海洋什麼的也太荒謬了吧？難道人類沒有前例，我們可以用來借鑑的人嗎？梅嘉兒聽了點根菸，回答說，對，我也這麼想，但是找誰呢？在哪裡？），表示她這輩子看過很多馬，好吧，或許不是露絲或雪若——附和葛瑞妲對馬匹的高度重視——而是其他馬，被狗、土狼或美洲豹攻擊時，嘗試與敵人戰鬥並且／或者把敵人踩死。所以動物並不一定要逃離攻擊者。

葛瑞妲承認這點：對，她看過動物有類似的行為。她再度談起露絲和雪若，但她的題外話被艾嘉塔打斷。艾嘉塔告訴眾人她有自己的動物故事，主角也是杜克的羅威納犬。她講得很快，不時以倉促、戲劇性的語氣插入旁白和不合理的推論。

我無法聽見或記下每個細節，但我在此試著用她的語氣，盡力精確地講這個故事。

杜克的庭院裡有他向來很討厭的浣熊，當最肥的浣熊突然生了六胎，杜克再也受不了。他怒髮衝冠。他叫他的羅威納犬去獵殺牠們，狗兒去了，被突襲的母浣熊奮力救牠的孩子逃離惡犬，但是狗咬死三隻幼熊，母浣熊只能救另外三隻。牠帶著孩子離開杜克的庭院。杜克對此相當高興。他喝著即溶咖啡心想，讚美上帝，不再有浣熊了。幾天之後，他看向庭院發現三隻小浣熊坐在那兒，他又發怒了。他又叫羅威納犬去攻擊殺死牠們。但這次母浣熊埋伏著，當狗衝向幼熊，牠從樹上撲向狗兒，咬牠的脖子和肚子，繃緊身上每一條肌肉，把牠拖進灌木叢裡。杜克氣壞了，也很難過。他想要回他的狗。他走進樹叢裡找狗，但是搜索了兩天還是找不到。他哭了，回到家垂頭喪氣地走進門，裡面放著一條狗腿，還有狗頭。眼睛被挖掉了。

眾人對艾嘉塔的故事反應不一。葛瑞妲雙手高舉過頭問其他女性：我們該怎麼說呢？為了引誘男人送死以便把他們分屍，分批送到主教彼得斯的門口，我們要留下最脆弱的社區成員，讓他們暴露在進一步攻擊下嗎？

艾嘉塔說，這個故事證明的是動物可以反擊，**也**可以逃跑。所以我們是不是動物，或我們是否被當成動物對待，甚至我們能否知道正確答案都不重要。（她深吸一大口氣，然後隨著下一句話吐氣。）無論如何，男人們很快就要從城裡回來了，試圖確認我們是不是動物是在浪費時間。

瑪莉許．羅溫舉起手。她左手的食指被咬斷了半截。長度只有旁邊中指的一半。她主張在她看來，更重要的問題不是女人是否算動物，而是婦女們該報復她們所遭受的傷害嗎？或是應該原諒那些男人，以獲准進入天堂之門？她說，如果我們不原諒那些人並接受他們的道歉，我們會被迫離開社區，並且經由開除教籍的程序喪失在天堂的位子。（備註：根據莫洛奇納的規矩，這是真的。）

瑪莉許發現我盯著她看，問我有沒有記下來。

我點頭，有，記下了。

瑪莉許很滿意，問其他人一個關於升天的問題。上帝降臨時，如果我們不在莫洛奇納，祂要怎麼找到婦女？

莎樂美輕蔑地打斷她。她以嘲弄的語氣，解釋如果耶穌能夠復活，活了幾千年，然後從天國再度降臨俗世來拯救祂的支持者，祂一定能夠找到區區幾個婦女——

但這時莎樂美被她母親艾嘉塔的手勢迅速打斷。艾嘉塔和藹地說，我們晚點再談這個問題。

瑪莉許的目光掃過全場，或許在找支持這個議題，跟她有相同恐懼的人。眾人別開目光。

莎樂美唸唸有詞：可是如果我們是動物，或只是像動物，反正也沒機會上天堂——除非動物也被接納（她站起來走到窗邊）。不過那不合理，因為動物提供食物與勞動力，而我們在天堂不需要那些東西。所以或許，門諾派的婦女終究不會獲准進天堂，因為我們跟動物同類，天堂不需要我們，那裡永遠都是**啦啦啦啦**……她用哼歌的方式結束這段話。

除了她姊姊歐娜．弗里森，其他女人都不理她。歐娜鼓勵讚許地淺笑一下，不過那笑容也可以解釋為堅決終止莎樂美的陳述——意思是，無聲地要求別說了。（弗里森家的女人自有一套能有效讓莎樂美閉嘴的手勢與表情。）

這時歐娜開始發言。她想起兩天前做過的一個夢：她在自家後方的泥土裡發現一顆糖果，撿起來帶回廚房，打算洗乾淨吃掉。但是還來不及洗，有一隻九十公斤重的大豬向她說話。她尖叫，想趕走那隻豬！但是大豬把她壓制在牆壁上。

這太荒謬了，瑪莉許說。我們莫洛奇納這兒沒有糖果。

艾嘉塔伸出手摸摸歐娜的手。她說，等會議結束之後，妳可以晚點再講妳的夢。

這時有幾個婦女開口，說她們無法原諒那些人。

瑪莉許說，是啊。她恢復自信，簡潔地說。可是我們死後想要進天堂。

沒有任何人反對這一點。

瑪莉許繼續說，那麼我們不應該把自己置於不幸的處境，被迫在原諒和永生之間選擇。

歐娜・弗里森問，那是什麼處境？

就是留下來反抗，瑪莉許說。因為反抗一定會輸給男人，我們會觸犯忤逆與違背和平誓言之罪，最後會陷入更深的屈服與脆弱。況且，如果我們要上帝原諒我們，讓我們進天國，無論如何都會被迫原諒那些人。

但是威脅下的原諒是真正的原諒嗎？歐娜・弗里森問。而且嘴上假裝原諒，但心裡不原諒的謊言比起單純不原諒，不是更嚴重的罪過嗎？還有，身為父母絕不可能原諒別人對自己的孩子施暴的行為，難道那種原諒不能只由上帝決定，上帝以祂的智慧，獨自扛起責任決定這類的原諒？

妳是說上帝會允許小孩被侵犯的父母心裡懷有一點點恨意？莎樂美問。只是為了生存？

一點點恨意？梅嘉兒問。這太荒謬了。從微小的仇恨種子會長出更大——不荒謬，莎樂美說。很少量的仇恨是人生必要的成分。

人生？梅嘉兒說。妳說的是開戰。我發現妳談到殺戮行為時特別活躍。

莎樂美翻白眼。不是戰爭，是求生。而且不要稱作仇恨——

喔，妳寧可稱作「成分」，梅嘉兒說。

莎樂美說，當我必須殺豬時，會用力砍，因為迅速一刀斃命比小力連砍折磨牠們更人道，妳的作法……

梅嘉兒說，我指的不是殺豬。

這段辯論期間，梅嘉兒的女兒奧潔開始在屋梁上擺盪，像人體鐘擺，邊晃邊踢乾草捆，把乾草踢鬆，有一根掉到莎樂美的頭髮上。梅嘉兒抬頭，叫奧潔別鬧了，沒聽到橫梁軋軋響，她想讓屋頂塌下來嗎？（我猜或許她真的想這麼做。）

梅嘉兒伸手拿她的菸草包，但沒有捲菸，只把手輕放在包上，彷彿那是逃亡用怠速汽車的排檔桿，而她在等待，心知需要時馬上能用，因為她的手放在上面。

莎樂美不知道她頭髮上有稻草。它停在耳朵上，安穩不動，好像圖書館員的二號鉛筆。

一陣短暫沉默後，葛瑞妲回到歐娜的問題。對，或許有這類的原諒，她緩緩說。不過《聖經》裡沒有這種上帝專屬的原諒前例。

快速觀察歐娜．弗里森：在所有婦女中只有歐娜把頭髮鬆散地往後紮，而非像用原始工具的蠻力紮緊頭髮，顯得和其他人不同。大多數居民認為她個性溫和又不太適應現實世界（不過在莫洛奇納這種說法只是轉移焦點）。她是老處女。因為大家認為她的想法和言論沒有意義，她享有某種有話直說的自由，不過還是無法避免她被反覆攻擊。她是眾人的活靶，因為她一個人睡在房間裡，沒有和丈夫一起睡，因為她沒有丈夫，似乎也不想要有。

以前她表示過：當我們解放了自己，我們必須自問我們是誰。現在她問道：這個時候說我們女人要自問我們的優先要務是什麼，怎麼做才是對的——保護我們的小孩還是進天堂，這樣說沒錯吧？

梅嘉兒．羅溫說，不對。這樣不精確。這是誇大了真正在討論的主題。（她的手仍緊緊放在菸草包上。）

歐娜問，那麼，真正討論的是什麼呢？

歐娜的母親艾嘉塔．弗里森回應了（她也是梅嘉兒的阿姨）。她說，我們會自斷後路（為了影響議程故意誤用英語表達）。被母親寵壞也被妹妹縱容的歐娜，放過了這個錯誤。

我必須在此紀錄葛瑞妲．羅溫的眼睛眨個不停，眼淚經常流到臉頰上。她說，她沒哭，她是在保濕。奈婕．弗里森和奧潔．羅溫（她已經沒掛在屋梁上晃蕩）在椅子上坐立不安，雙手藏在桌子底下，有一搭沒一搭地玩某種拍手遊戲。

我提議我們休會一會兒，婦女們同意了。

艾嘉塔．弗里森提議大家解散前唱首聖歌，其餘人同意（奈婕和奧潔除外，她們似乎不喜歡大合唱的主意）。婦女們牽著手唱〈趕快工作〉。歐娜．弗里森令人著迷地負責唱和聲。聖歌的第一段是這樣的：

趕快工作，夜來臨，
趁著早晨清醒；
露珠耀彩花笑時，
工作要辛勤；
陽光漸漸加明亮，
我也加倍奮興；
趕快工作，夜來臨，
夜臨工作當成。

婦女們繼續唱第二和第三段，奈婕和奧潔洩氣地癱軟。

葛瑞妲．羅溫拍拍奧潔的手。**穩住**。葛瑞妲手上的指節像硬塊般突起，像龜裂地面上的地垛。她的假牙太大闔不上嘴，還會痛。她摘下假牙放在木頭夾板上。那是某個好心旅客聽說婦女遭到攻擊，帶著急救箱來到莫洛奇納送她的。

葛瑞妲呼救時，攻擊者猛力摀住她的嘴，她衰老脆弱的牙齒幾乎全被壓碎。彼得斯陪同那名送她假牙的旅客出莫洛奇納，接著禁止外界援助者進入社區。

歌聲結束。婦女們散開。

‡

備註：莎樂美．弗里森氣呼呼地提早離開，因為歐娜問大家是否在討論怎麼做才對，保護小孩或是進天堂，是否不可能兩者兼顧。當時我來不及寫下她離開的細節。莎樂美離去時，艾嘉塔溫柔地笑笑，告訴其他人她女兒會回來，別擔心，讓她消消氣，隨她去，讓她去看看小孩，梅普和艾倫。她會靜下心來。

說到她的小孩，莎樂美的耐心和容忍可是沒有極限，但是莎樂美在社區的名聲是個鬥士、煽動者。她不會冷靜回應權威，經常為了雞毛蒜皮小事跟其他居民發生意氣之爭。例如：有一次她把餐廳鈴鐺藏起來，聲稱忘了藏在哪裡，只因為她討厭每天「該死的」響三次的聲音，尤其討厭莎拉．N不斷搖鈴，超出必要程度的踐樣。（莎樂美大叫，別再告訴我什麼時候必須吃飯！）她也在某次大豪雨中把彼得斯的雨水收集桶翻倒，大罵他純潔得不需要洗澡水，不是嗎？不是嘛！

我很好奇她居然沒被逐出教會。她的小小叛逆行為對彼得斯是個方便的宣洩口，像滿足居民自我主張需求的某種表演，讓彼得斯在重大議題上能夠為所欲為嗎？

另一個備註：歐娜離開乾草閣樓時，我過去告訴她，我喜歡她那個關於豬的夢境。她笑了。然後我鼓起勇氣，順勢告訴她一個事實。

我跟歐娜說（這時她正爬下梯子，還在笑；她是最後一個離開閣樓），妳知道豬的身體構造不可能抬頭看天空嗎？

在那當下，歐娜停在梯子上抬頭看我。

像這樣？她說。

我被逗笑了。歐娜滿意地離去。

我想，她是會仰望天空的人。所以，她夢中的豬才把她壓在牆壁上。但我又想，怎麼可能？無論歐娜有意或無意地未察覺豬的肢體侷限，我對歐娜夢境的解讀又怎麼可能正確呢？

在英國（汪茲沃斯監獄）的牢房裡，獄友和我會玩遊戲。我最愛的遊戲稱作「你最想要哪一個」。如果你知道自己快死了，你最想要再活一年、一天、一分鐘或馬上死掉？答案是：以上皆非。

我在監獄裡曾經犯錯告訴獄友鴨子的聲音（還有看到牠圓扁的喙）令我開心，得到安慰。那是犯罪等級的愚行。接著有更多愚行。從此我學會了不要說出自己的想法。

‡

我們重新集合。我很尷尬。

休息時，我在外頭打水機前遇到年輕的奧潔。起先我們沒講話。她賣力打水，我盯著地上。

她裝滿水桶之後，我清清喉嚨向她提起在戰爭期間，我是指二戰，例如在義大利，具體說是在杜林，其他一些地方也一樣，平民會躲在防空洞裡。我補充說，這些人經常因為參加反抗軍被殺害。

奧潔邊微笑邊點頭，慢慢往後退開。

是啊，我點頭微笑說。在那些防空洞裡需要志願者踩腳踏車發電，讓發電機產生電流。最後，我告訴奧潔剛才當她那麼用力吊在屋梁上擺盪，讓我想起這件事，志願者必須在防空洞裡騎腳踏車發電，如果我們在防空洞裡，她會是很適合的志願者。

奧潔很合理地問我，如果我們在這種密閉空間裡，能騎腳踏車到哪裡去呢？

說得對，我說。那種腳踏車是固定的。

奧潔微笑著，似乎想了一兩秒，然後提醒我她必須把水抬去餵小馬。不過做正事前，她先向我示範如何甩完一圈水桶不會灑出半滴水。我尷尬地微笑。她跑向馬匹去了。

我在她背後傻傻地揮手，面向她離開揚起的一片沙塵。我站在泥土地上，衣服下襬迎風飄動，像隻無法飛翔的可笑小鳥。我為什麼提起反抗軍，還有平民因為反抗被殺？我忽然想到我剛暗示她可能會被處死。

我想要追上奧潔，向她道歉我嚇到她了——但這樣一來會更嚇到她。或許我的話對她就像對我自己一樣荒謬，這樣想也只有些許安慰。

莎樂美回來了，這時眼神像隕石而非狙擊手。摧毀行星的隕石。（她可能沒去看她的小孩。我不敢直接問她。）

因為我們第一段會議以聖歌作結尾，我向婦女們說，可否接受我用一個可當作隱喻或啟發的事實作為下一段的開場？

她們同意了，不過我說話時，瑪莉許皺眉走到窗邊向外看。

我謝謝大家，一開場提醒她們，我們莫洛奇納的門諾教派是經過黑海來到這塊土地上定居。幾百年來，我們的成員都住在黑海岸邊的敖德薩附近，在我們開始被屠殺之前，經歷過許多和平與幸福。我說出事實：黑海深處的海水不會和從大氣層接受到氧氣的上層海水混合，所以深水缺氧，意思是無法容納生命。缺氧狀態留下了保存良好的化石，從那些化石上看得出柔軟肉體的形象。但那些生命是從哪裡來的？黑海沒有潮汐，所以海面永遠平靜安詳。但是海底下有一條河，科學家們相信在黑海底部，難以生存的區域可能有可以維持生命的神祕河流。但那些科學家沒辦法證明。

對這個啟發性事實的反應，又是好壞參半——大多數反應是沉默。但是以喜歡事實聞名的歐娜．弗里森向我道謝。歐娜說話時，總會在句尾輕快地吸一口氣，宛如想要收回她的話，宛如她剛說的話嚇了自己一跳。

背對我們站著的瑪莉許．羅溫從窗邊轉過身來。

她問我，你是在暗示婦女們應該留在莫洛奇納不要離開嗎？黑海的「上層海水」代表社區的男人，而「底層海水」是即使在男人嚴厲沉悶的壓力下，不知何故會神祕地蓬勃生存的女人？

我說，這個誤解完全是我的錯，但我的意思只是想傳達，即使環境顯得絕望，仍有可能存在生命與維持生存。

我說，我想要來點啟發。

瑪莉許提醒我，婦女們請求我做會議紀錄只是因為我能翻譯和寫字，我不該覺得有義務提供啟發性建議。

莎樂美．弗里森隨即向瑪莉許暗示她的反應不得體。於是梅嘉兒．羅溫再度提醒莎樂美．弗里森她並沒有特殊權力宣布什麼得體或不得體。

或許我有，莎樂美說。

誰授權的？梅嘉兒問。彼得斯？還是上帝？

莫洛奇納的表面就像黑海的海面總是平靜安詳，莎樂美說。難道妳不懂——

那又怎樣？梅嘉兒插嘴。

想要深究神祕的黑海故事的歐娜問道，具體說，什麼是軟組織？

是皮膚、肌肉和所有連結性物質，艾嘉塔回答。我猜想，能保護像骨頭等等堅硬組織的任何東西吧。

瑪莉許說，所以，軟組織保護較硬的組織，就像製造骨頭的組織。軟組織比較——是怎麼說的？——有彈性，但是在最後比較快分解。除非是被保存在——**黑海的神祕深水**裡，她補充。她單獨說「黑海的神祕深水」這幾個字加強戲劇效果。我懂這是直接針對我的嘲弄。

我微笑，用指甲猛抓頭皮。我說軟組織經常以它不是什麼來定義。

大概是吧，艾嘉塔說，但是——

不過，它在某方面比較堅韌，瑪莉許插嘴，因為它有修復能力。在最後之前。

呃，艾嘉塔說，或許吧，可是——

妳是指死亡嗎？歐娜問。妳說的「最後」？

瑪莉許做個手勢：如果不是死亡，難道會是別的嗎？

葛瑞妲說，可是瑪莉許，肉身死亡不是生命的結束。

這時奧潔和奈婕沒理會其他婦女，進行她們自己的私密對話。奈婕在點頭微笑，她們朝我這邊看。我短暫地猜想奧潔是否正把我們的抽水機對話告訴奈婕。可想而知，我在小姑娘面前仍舊表現愚蠢，我謹慎地向她們點頭，她們馬上移開目光。

所以，歐娜說，如果社區是人體，我們女人是莫洛奇納的軟組織，而——

或者，莎樂美說，社區是黑海而我們是它的「神祕深水」。我想說的就是這個。

瑪莉許大笑，諷刺地問莎樂美，以她的崇高智慧，莫洛奇納的女人有什麼神祕的？她說，我早晨喝的牛奶上形成的那層皮膜還比較神祕。

歐娜承認牛奶皮膜的神祕，向瑪莉許點頭，我猜是想要建立友誼或團結吧，或善意。歐娜問我是否還想要告訴大家其他的啟發性事實。

我迅速揉揉頭頂，這是我在獄中養成的猿猴式本能。我覺得這可以給我一點時間來構思對問題的回應，像是：艾普，王八蛋，你想要我把你的腦子敲凹下去嗎？

這個動作把歐娜逗笑了。

是，我說。人類一輩子會掉落大約十八公斤的皮屑，每個月完全替換外皮一次。

奈婕插嘴。她說，傷疤除外。傷疤可以用新皮膚替換嗎？不行，奧潔說，所以才叫做傷疤，呆子。她們都笑了，互相作勢打對方。

歐娜尋思，她們每月替換一次外皮碰巧跟每月替換一次子宮內容物吻合。妳怎麼會知道？瑪莉許問。歐娜看著我。這是很久以前我母親在祕密教室裡告訴歐娜的事，那根本不是個實體場所，而是她稱作「祕密教室」的討論。在歐娜和我小時候，在我隨父母離開莫洛奇納之前，她在擠牛奶時間專為女孩們舉行。

瑪莉許瞪著我，問我是不是跟歐娜解釋過子宮內容物的事。

沒有，歐娜說，不是奧古斯特。是奧古斯特的母親莫妮卡。

瑪莉許沉默。

莎樂美表示這個解釋或許有用，但是我們可以繼續開會了吧？

歐娜彷彿沒聽見莎樂美的話，繼續提出假設，如果我說的事實是真的，那麼她們女人被攻擊那時的皮膚已經沒了，被換掉了。她露出微笑。

她看起來好像有話要說，但這時艾嘉塔．弗里森察覺莎樂美不耐煩即將發怒，輕鬆地問我們能否擱置動物／非動物、原諒／不原諒、啟發性／非啟發性和軟組織／硬組織／新皮膚／舊皮膚的辯論，專注在眼前的議題，就是留下來反抗或離開。

婦女們同意我們應該繼續開會。

同時間，莎樂美把她的牛奶桶側翻，它搖搖晃晃的令她很煩躁。歐娜起身，把自己的桶子給莎樂美坐，將莎樂美的搖晃桶子拿來自己用。

坐定之後，歐娜．弗里森繼續思索剛才說過的話。她提起瑪莉許用了「意見」這個字讓她想起另一個主題。她要求允許再陳述一件關於原諒的事。

眾人同意。（不過奈婕．弗里森偷偷地翻白眼，張開嘴往後仰頭。很好笑。）

歐娜說：如果莫洛奇納的主教和長老們已經決定我們女人在這些攻擊後不需要諮詢意見，因為事發時我們昏迷不醒，那麼我們有什麼義務，甚至能力去原諒？原諒沒發生的事？原諒我們無法了解的事？擴大來看那是什麼意思？如果我們不了解「世界」，就不會被它腐化？如果我們不了解自己被囚禁，那我們就自由了？

小姑娘奈婕．弗里森和奧潔．羅溫這時開始用肢體語言競爭，嘗試比對方更誇張地表達她們的無聊和彆扭。例如，奧潔假裝把步槍插進嘴裡開槍打自己的頭，然後癱倒在她的牛奶桶上。奈婕憂鬱地問：可是我們要留下還是要走？她用手臂撐著頭，聲音模糊。她攤開手掌朝上，彷彿在等待答案，也像有劇毒膠囊放在手掌上。她摘下頭巾，我看得到她頭皮中央上面狹長潔白的線條。那是裸露的肌膚——婦女們稱作「分界線」。

葛瑞妲．羅溫長嘆一聲。她說雖然我們可能不是動物，待遇卻比動物更糟，其實莫洛奇納的牲畜處境比莫洛奇納婦女還安全，也受到較好的照顧。

艾嘉塔．弗里森提醒葛瑞妲，由於時間緊迫，我們已經說好放棄女人是不是動物的問題。

葛瑞妲撇開艾嘉塔的指責，閉上眼睛，用她的假牙輕敲夾板。

瑪莉許插嘴：我相信唯一的辦法是逃走。

喔，逃走的主意在婦女間引發一陣鼓噪！

她們馬上七嘴八舌。各說各話，講個沒完。

歐娜看著我。我看看會議紀錄。我因為歐娜的目光，出於緊張清清喉嚨。婦女們認為是我不耐煩的表現，是個干擾。她們停止說話。

瑪莉許瞪我。

我摸摸喉嚨彷彿有點發癢，像疾病徵兆，或許像小艾倫一樣感染鏈球菌。我無意干擾。對瑪莉許來說，可能還有莎樂美，我是個障礙，莎樂美對其他理由缺乏耐性，宛如突發洪水，或是尖銳的獸蹄。（這是她自己咕噥說出來的，但是不太好翻譯。）

這時莎樂美．弗里森尖銳地問道，我們希望這樣教我們的女兒自衛——靠逃走嗎？

梅嘉兒．羅溫插嘴：不是逃走，是離開。我們說的是離開。

莎樂美．弗里森假裝她沒聽見梅嘉兒的話：逃走！我寧可堅持立場開槍射穿每個男人的心臟，把他們埋進坑裡再**逃**，如果有必要就讓我面對上帝的憤怒吧！

歐娜溫柔地說，莎樂美，請冷靜。羅溫家的人在討論**離開**而非逃走。「逃走」

這個字眼用得不恰當。把它忘掉。

瑪莉許聞言憤怒地搖搖頭。她諷刺地為用錯字眼道歉，這個罪孽深重到莎樂美以她的神級態度和全能心智，為了全人類必須親自糾正。

莎樂美強烈抗議。她反控瑪莉許對措辭太魯莽。她說，「離開」和「逃走」是兩個截然不同的字，有不同的意義和特定暗示。

奧潔和奈婕這時開始對會議內容感興趣，兩人都憋住竊笑。同時，葛瑞妲和艾嘉塔露出嚴肅但無奈的表情，顯示多年來對女兒這種 *oppruа*（喧鬧）已司空見慣。艾嘉塔雙手合握，兩根拇指互繞著轉動。葛瑞妲輕拍自己的頭。

歐娜．弗里森若有所思地望著面北的窗外，林布蘭名畫般的油菜田、山丘，還有邊界，或許還看見她自己的幻覺。

梅嘉兒．羅溫偷偷地捲起菸來。（她很優雅地用拇指和食指捏熄的上一根菸剩下的菸草。）

嗯，奧古斯特？坐在我身邊的艾嘉塔說。她竟然伸手搭我的肩！你覺得這一切內容怎麼樣？你也有意見嗎？

我腦中想起韓國詩人高銀的故事。所以我告訴婦女們，他如何四度企圖自殺，一次是往耳朵裡倒毒藥。他活下來但是耳膜壞掉了。另一邊耳膜也在當政治犯被刑求時受傷了。韓戰期間他被迫去搬運屍體。然後去當了十年和尚。

婦女們停下爭論聽我講詩人的故事。我閉口不語。

艾嘉塔問，然後呢？

呃，後來他成了酒鬼，他又想自殺時卻救了自己一命，那次是用朝鮮半島和濟州島之間海裡的大石頭和繩子。

那是哪裡？奧潔問，但是她母親噓她。

那不重要，梅嘉兒說。

欸，莎樂美說，很重要，但是先讓奧古斯特講完他的故事吧。

艾嘉塔向我點頭示意繼續。

我說，船上有人在賣酒。高銀心想：死前何不再喝一杯？他喝了一杯，然後接二連三……喝醉睡著了。醒來後，他已經身在碼頭。他錯過了自殺的機會，還有人在等他，因為他們聽說傳奇僧侶詩人高銀要來他們島上。他們希望他留下來。他同意了。在島上開心地過了幾年。

暫停之後，梅嘉兒問我講完了沒有，我說講完了。

婦女們沒說話，只有挪動桶子、清清喉嚨。我低聲說艾嘉塔問我對於離開或逃走的辯論有沒有意見。我的用意只是想說明我對「意義」的意義的感覺：在某種心智狀態下離開某些人事物，抵達別處時是完全出乎意料的另一種心態，是有可能的。

這我早就知道了，梅嘉兒說，我們都知道吧？

我們本能上知道許多事情，歐娜低聲說，但用特定敘述方式說明聽起來很愉快有趣。

莎樂美．弗里森向眾人說她沒時間搞什麼愉快有趣。她諷刺地問，我可否告退？因為午餐時間到了，今天輪到我送餐給幾個社區老人，我還要幫小女兒打抗生素。

莎樂美的小女兒梅普可能在兩三次不同情境被男人侵犯過，但彼得斯拒絕剛滿三歲的梅普接受治療，因為醫師可能會說社區的八卦，外人會察覺有性侵，整件事會被渲染失真。莎樂美要走十九公里去隔壁社區，向她知道暫時停留在那邊修理的行動診所替梅普買抗生素。（據瑪莉許的說法，莎樂美順便買她自己要的私釀酒，瑪莉許有幾次在莎樂美暴怒時模仿把酒瓶湊到嘴上的動作，表示莎樂美私下喝酒。）

莎樂美說，我得把抗生素藏進梅普的甜菜汁裡，否則她不肯吃。

婦女們點頭跟她說，妳先走吧。

離去時，莎樂美提議如果梅嘉兒去戶外廚房拿湯，那麼她會把今天早上烤的小麥麵包拿來。莎樂美說，這樣我們就有東西當午餐了，邊吃邊開會。我們會有即溶咖啡喝。

梅嘉兒不情願地聳聳肩，她討厭被莎樂美使喚，但還是從椅子上起身。

同時，艾嘉塔紋風不動，嘴上默唸著禱詞或詩句之類的，或許出自《聖經》的詩篇。梅普是她外孫女，跟她同名。（「梅普」是小名。）艾嘉塔是個堅強女性，但是每當聽見關於小外孫女遭性侵的特定細節，就會像掠食者般僵住。

（如我先前所述，莎樂美發現梅普被侵害不只一次而是兩三次之後，她到囚禁犯人的小屋去，企圖用鐮刀殺光他們。這個事件迫使彼得斯報警，將犯人逮捕移送到較安全的城裡。莎樂美宣稱她那次爆發之後有請求原諒，男人們也原諒她，但是包括彼得斯在內無人目睹。或許這些事實跟會議紀錄沒什麼關係，但我認為夠重要應該放進註腳裡，因為要不是犯人被帶進城去，其他男人也跟著去申請保釋讓他們回家，他們留在社區內可能會獲得受害人原諒，並請求上帝原諒他們，這場會議就不會發生了。）

艾嘉塔說，耶和華有憐憫，有恩典，不輕易發怒，且有豐盛的慈愛。[3]

她複述這句，葛瑞妲牽起艾嘉塔的手陪她一起背誦。

梅嘉兒．羅溫離開會場，即使她宣稱她要去戶外廚房拿湯，我猜是去抽菸。她命令女兒奧潔別跟著她，奧潔扮個鬼臉彷彿在說，我幹嘛自找麻煩？又向其他人做個表情，像在替她的古怪母親、祕密老菸槍道歉。

梅普和社區的其他幼童由幾位年輕女性在內蒂．葛布蘭特家集中照顧，她老公

和其他男人進城了。內蒂・葛布蘭特的雙胞胎兄弟約翰在受審的八個人裡面。梅普自己毫不知情她小小身軀上某些部位為何疼痛，或她已經患了性病。內蒂・葛布蘭特也被侵犯過，可能是她兄弟，而且早產生下一個小到可以塞進鞋子的男嬰。他出生幾小時就死了，內蒂的臥室牆上都是血。她除了社區兒童以外不再跟人交談，所以才被指派在眾人工作時負責照顧他們。

瑪莉許・羅溫認為內蒂可能把她的名字改成了馬文。她認為內蒂這麼做是因為她不想當女人了。艾嘉塔和葛瑞妲拒絕相信這回事。

我要求休息片刻。

歐娜・弗里森疑惑地又瞄我一眼——她可能好奇「休息片刻」的概念（即使經過翻譯，可能也是她沒聽過的字眼），或持續呼吸的概念，無法表達想法的微妙痛苦，生命的描述，組合、打結、支撐的脈絡。休息片刻，呼吸，持續。敘事。

3 《詩篇》第一〇三篇。

女士們同意了。

‡

我回來開會。我獨自一人，等女士們回來。

我出去時，聽到一輛卡車傳出音樂。那首歌是媽媽爸爸合唱團唱的「California Dreamin'」，收音機上的老歌電臺播的。我站在卡車一百公尺外，車停在沿著社區外圍的大路上。奧潔和奈婕站在車邊聆聽。除了歌聲沒別的聲音，無比恬靜和諧，唱著洛杉磯的安全與溫暖，還有夢想。我相當確定她們沒看到我。她們靜靜站在卡車駕駛座旁，彎著脖子低下頭，宛如鑑識偵探聆聽線索，或墳墓旁嚴肅的哀悼者。

在播歌之前，卡車司機先用駕駛座加裝的喇叭宣布。他是官方的戶口普查員，堅持所有社區居民必須從家裡出來接受點名。他講了幾次，但是現在社區裡主要只有女性，她們聽不懂他的語言，即使懂，她們也不願離開住家、穀倉、戶外廚房、幼馬欄、雞舍、洗衣場……讓收音機開著流行歌頻道的男性卡車司機點名。當然，奧潔和奈婕除外，她們像迷航的水手被海妖吸引般走到車邊。

如今，在我等待婦女們回來開會時，腦中迴盪著「California Dreamin'」這首歌，不斷重複。我想像教婦女們背誦歌詞，讓她們像媽媽爸爸合唱團一樣唱合聲，重複歌詞，不斷唱和。我想她們會喜歡。樹葉都變褐色……我望著空蕩蕩的會場，腦中迴盪她們的聲音。

這兩天會議都在恩尼斯特．席森的乾草閣樓裡舉行，他因為年老體弱沒跟著進城。恩尼斯特對大多數事情渾然不覺，包括婦女們使用他的乾草閣樓來開會這件事。他記不得生過多少小孩或他兄弟姊妹們是死是活，但他絕不會忘記的是彼得斯搶了他的鐘。恩尼斯特的父親死後把傳家之寶的時鐘留給恩尼斯特，心知在所有子女當中，恩尼斯特對時間的本質最著迷又守時。彼得斯堅持叫恩尼斯特交出時鐘，說時間在莫洛奇納是永恆的，如果某人在上帝眼中是純淨的，俗世的生命會自然流入天國的生命，所以時間和時鐘都無關緊要。幾個月後，有人發現彼得斯把時鐘裝在他家的書房裡，他用來規劃佈道、管理社區事務的房間。恩尼斯特雖然癡呆，從未忘記被搶走的時鐘，彷彿這椿委屈膨脹占滿了他整個心智，彷彿他被指定排除一切只記住這件事，每當他看到彼得斯總會問他，什麼時候他才要歸還時鐘。

婦女們偏好在這座乾草棚聚會，而非自家廚房餐桌上，是因為廚房裡到處有小孩又老是礙手礙腳。有十五或二十五個小孩子的家庭並不罕見。（幾個月前，我給自己一項挑戰：我要走過圍繞莫洛奇納的大路，穿過玉米田和高粱田，有幾哩路程，只在看見小孩子時換氣。結果我的呼吸一次也沒耽擱。）

我們在乾草堆鋪上一塊夾板當作桌子，我們的椅子是擠奶用的木桶。奧潔和奈婕偶爾輪流縮起雙腿彎著膝蓋坐在窗臺上，或是坐在她們從恩尼斯特．席森的馬具室拿來放在這座棚子裡老舊橫梁上的馬鞍。

歐娜．弗里森隨身提著空桶子，因為她懷孕了有時會作嘔。歐娜懷孕變明顯時，社區有幾位婦女匆忙地企圖把她跟安德烈．潘納的傻兒子朱利亞斯．潘納撮合在一起。但歐娜堅稱朱利亞斯配得上比患有精神崩潰的女人更好的對象，娶個非處女會害他被罪惡玷污。社區的長老們判斷歐娜無法救贖，她的精神崩潰已經讓她無法講理。我覺得有必要指出長老們的這個批評（無法講理）充滿了反諷，歐娜會免於永墮地獄是因為她並非故意犯罪。照長老們對強暴犯的委婉說法，她未出生的小孩是「不速之客」的產物，會交給其他社區的家庭當作他們自己的小孩撫養，甚至可能交給不速之客的家庭。

婦女們陸續回來，只缺奧潔和奈婕。

瑪莉許・羅溫解釋她們兩個跟從隔壁科提札社區來的庫普兄弟一起待在恩尼斯特・席森家的車道盡頭。（我知道這不太正確，但是猜想瑪莉許明白如果莎樂美發現她們在聽普查員的收音機，反應會多激烈。瑪莉許既保護她們，也節省時間。莎樂美是個很難解的矛盾，既叛逆又傳統，好戰但又喜歡強迫別人遵守規則。）婦女們皺眉，但是同意我們必須繼續開會，不用等她們。

莎樂美問梅嘉兒她是否抽菸，梅嘉兒反問莎樂美這關她什麼事。她們兩人從戶外廚房拿來麵包和湯，還有即溶咖啡，正在幫全體婦女和我送餐。

葛瑞妲和艾嘉塔說我們今天下午做出要走還是要留的決定很重要，繼續開始會議。

她們說完之後，奧潔和奈婕回到乾草閣樓，然後用一招有趣的特技娛樂我們。她們到閣樓加入我們之前，偷偷在窗戶下方放了一輛載著乾草堆的平臺貨車。奧潔先爬上梯子，歇斯底里地呻吟說一秒鐘也活不下去，人生太殘酷了。她一邊呻吟一邊搖晃著跑到窗邊，頭下腳上跌出窗外。

眾人尖叫，或快或慢聚集到窗口，發現奧潔平靜地坐在乾草堆上。眾人搖頭，努力不露出讚許的神情時，歐娜開心地大笑。

婦女們回到桌邊的座位上。奈婕提起庫普兄弟告訴她和奧潔——（這時我才發現除了普查員之外，她們真的跟庫普兄弟在一起）——他們父親先前進城賣起司，巧遇了英格索（瑪莉許的姻親，他的老婆是屬於主張什麼都不做的陣營）。英格索跟莫洛奇納其他男人一起進城，碰巧從法院出來查看他的馬。他告訴庫普家的父親，老庫普向另一個兄弟提起，再傳到庫普兄弟耳中，說有兩個莫洛奇納的男人打算提早回家帶更多牲畜，可能是馬，去城裡拍賣來籌措保釋金。

葛瑞妲朝天舉起雙臂。

艾嘉塔的目光變銳利（我這時發現莎樂美繼承了她母親這種導熱飛彈式的目光），動也不動。

瑪莉許問，多早？她們聳聳肩。

是哪兩人？瑪莉許又問。

奈婕說，其中一個是克拉斯。（克拉斯．羅溫是瑪莉許的丈夫。）

瑪莉許從嘴裡拿出一根雞骨放在她的碗邊，幾乎沒發出聲響。

歐娜交給我一大捲褐色紙，用來包起司和肉類的那種。她說她是從戶外廚房拿來的。

我小時候，母親莫妮卡也會給我起司包裝紙當作圖畫紙。

歐娜提議我用包裝紙畫出婦女各選項的優缺點清單。這些必須寫在大張紙上。

歐娜說，沒人看得懂你寫什麼，但我們會把它保存在乾草棚裡當作文物讓其他人發現。

奧潔和奈婕互瞄一眼。歐娜在說什麼啊？她為何這麼古怪？我們怎麼防止自己變成她那樣？

莎樂美（罕見溫柔地放任她大姊）說，對，是個發現。

艾嘉塔不耐煩地點頭，雙手像小輪子迅速繞圈轉動，意思是：拜託，我們可以繼續了嗎？

梅嘉兒在馬具室找到了釘子（她會利用任何機會偷空抽幾口菸）和鹽塊，用來把包裝紙釘到牆上。

歐娜提議我先寫出這樣的標題：**留下來反抗**。我在下方，寫上第二個副標題：**優點**。

婦女們見狀開始交頭接耳，我別無選擇只能滿懷歉意禮貌地要求她們一個一個輪流說，我才能聽懂她們每個人說什麼，留幾秒鐘抄寫到紙上。

優點

我們不必離開。

我們不必收拾家當。

我們不必發愁要到哪裡去或經歷不知要到哪裡去的不確定感。（我們沒有任何地方的地圖。）

莎樂美對最後一點嗤之以鼻，斥為荒謬。她說，無論身在何處，我們唯一能確定的事就是不確定。

歐娜主張：除了很確定愛的力量之外。

莎樂美轉身面對歐娜。這種瘋話不用講出來，她懇求。

梅嘉兒支持歐娜。她質疑，為何不能這樣說，唯一確定的是愛的力量？

因為那沒有意義！莎樂美大罵。尤其是現在這個節骨眼！

艾嘉塔怒斥她的女兒們。然後，她轉身面對兩個少女。她說，奧潔？奈婕？妳們有什麼要補充的嗎？

莎樂美用牙齒撕下指甲碎片，咀嚼。莎樂美吐出指甲時，梅嘉兒厭惡地皺眉。

奈婕說，我們不必離開我們的親友嗎？

葛瑞妲指出婦女們也可以帶著親友一起走。

其他人質疑這點的可行性，歐娜則溫和地提出，我們有些親友也正是我們畏懼的人。

瑪莉許補充，我們可以創造在我們熟悉的當地建立新秩序的可能性。

莎樂美糾正，不只是熟悉，這就是**我們的**地方。

梅嘉兒問，但如果我們離開，還會是我們的地方嗎？我們還能夠回來嗎？

奧古斯特就回來了，莎樂美說。問他吧。

歐娜說，沒時間了，奧古斯特，請先寫下缺點。

我在腦中擁抱歐娜，她也擁抱我。

缺點

我們不會被原諒。

我們不懂如何反抗。（莎樂美插嘴：我知道怎麼反抗。其他人故意不理她）

我們不想反抗。

反抗之後情況有比以前變得更糟糕的風險。

歐娜舉手，問她可不可以發言。（我不知道她是否意在諷刺，以回應我先前要求婦女們輪流發言。）

請講，我向她說。

歐娜問，在我們列出留下來反抗的優點和缺點之前，確認我們要反抗什麼會不會比較有用？

瑪莉許迅速回答：那還用說，我們要為自己的安全和自由不受攻擊而反抗！

對，歐娜附和，但是具體內容是什麼？或許我們必須寫篇宣言或革命聲明——（歐娜和我迅速互瞄一眼；我知道她想起了我媽，我媽無論在田野、穀倉還是燭光下，隨時都在撰寫各種版本的革命聲明。我低下頭微笑）——描述贏得勝利之後，我們期望／需要的社區生活狀況。或許我們必須搞清楚我們反抗是要達成什麼（而不只是我們要摧毀什麼），為了達成目標，甚至如果能贏的話，事後必須採取什麼行動。

瑪莉許說，剛才歐娜講話時，我聽起來好像腦中有大批幼馬奔逃。沒時間這麼仔細討論了。她提醒婦女們有男人要提早回來社區。

艾嘉塔附和瑪莉許，安撫她。但她也提醒婦女們這些會議和計畫可以瞞著提早回來那兩三個人，而且這些人只會在社區短暫停留挑些牲畜去賣，很快會趕回城裡。因為瑪莉許的丈夫克拉斯是謠傳提早回來的人之一，艾嘉塔提醒瑪莉許她必須在某個程度上「表現自然一點」。（艾嘉塔用了個很難翻譯的低地德語說法。關於某種水果和冬天。）

其餘人嚴肅地點頭同意。

艾嘉塔繼續，要求歐娜說明她所謂的革命聲明。

我發現因為歐娜被公認天不怕地不怕——對居民而言，這就像喪失了道德指南被轉變成惡魔——平常會提防歐娜的奈婕和奧潔都把注意力轉向她了。

歐娜說，這很簡單。

她丟出幾個點子：社區的所有決策要由男女雙方共同決定。女人會被允許思考。女孩子能夠學習識字寫字。校舍必須展示世界地圖，讓我們能開始了解我們在其中的地位。莫洛奇納的女性會創造出從舊宗教衍生但是聚焦在愛的新宗教。

（我感覺胸痛。歐娜幾乎是逐字複述我母親莫妮卡在祕密學校裡教女孩們的課程。她看著我，嘗試眼神接觸，她想要溝通一些很重要、被記住，但也失落的事。）

瑪莉許誇張地皺起眉頭。

歐娜繼續說：我們的小孩會很安全。

葛瑞妲閉上了眼睛。她重複「共同」這個字，彷彿是她不熟悉的新蔬菜名稱。

瑪莉許再也忍不住了。她指控歐娜是在做夢。

我們是沒有聲音的女人，歐娜冷靜地說，我們是生錯時間地點的女人，甚至不懂我們所居住國家的語言。我們是沒有祖國的門諾派信徒。我們沒地方可以回歸，連莫洛奇納的牲畜在家裡都比我們女人安全。我們女人只有自己的夢想而已——所以我們當然要做夢。

瑪莉許聞言冷笑。妳想要聽**我的**夢想嗎？她問道，旁人來不及回答，她就開始描述，夢境中精神崩潰的人不能負責擬定革命聲明。

歐娜微笑，不是緊張而是真心欣賞瑪莉許的幽默。

歐娜和莎樂美的妹妹米娜在社區裡素有笑臉迎人的風評。她綽號快樂的米娜。歐娜這時的笑容就跟她一樣。

（即使死了，米娜似乎也在微笑。在米娜葬禮時，歐娜把米娜的頭巾拉下一兩吋，露出她脖子上的繩索勒痕。她大聲向群眾說她不是像彼得斯說的，被打掃幼馬馬廄用的阿摩尼亞毒死。米娜是被發現在穀倉的橫梁上吊。彼得斯中斷米娜的喪禮叫迪肯斯．克里本史坦和溫勞把歐娜帶回家。喪禮在教堂外舉辦是因為自殺者的遺體不准進入聖堂。米娜的遺體躺在陽光下的一個大冰塊上。米娜往地面越陷越深，慢慢被一圈深色的濕土包圍。歐娜甩開了那兩個男人。彼得斯為歐娜禱告。群眾都低下頭。

奈婕是米娜的女兒，目前由莎樂美照顧。奈婕在臥室被侵犯，手腕被乾草捆繩磨破，身上沾滿血、糞便和精液，之後米娜就上吊了。起初彼得斯告訴米娜性侵案是撒旦作祟，是上帝降下的懲罰，上帝為了女性的罪愆懲罰她們。後來彼得斯告訴米娜性侵是她捏造的。他重複說「狂野的女性想像」，在每個字尾加強力道，好像切成三個短句。米娜要求知道真相：是撒旦作祟，還是她的幻想。米娜抓彼得斯的眼睛。她脫掉衣服，用鋸齒剪刀自殘，最後跑到穀倉上吊。彼得斯把她解下來，告訴社區她在打掃幼馬馬廄時吸入太多阿摩尼亞蒸氣。米娜的母親艾嘉塔．弗里森哭哭啼啼地清洗米娜的遺體。社區的婦女是這麼說的，她們都在場。）

此時，艾嘉塔表示她聽夠了。她宣布歐娜剛才擬定的革命聲明很不錯，往後可以加進來，如果婦女們留下來反抗，它會代表希望社區裡如何改變的大膽宣言。

葛瑞妲朝天舉起雙手。她問：如果男人拒絕答應我們的要求會怎樣？

歐娜回答：我們就殺了他們。

奧潔和奈婕驚叫，然後試探地微笑。

瑪莉許已經不安到在眾目睽睽之下拿出她的捲菸紙和菸草。

艾嘉塔站起來擁抱歐娜。親愛的，她低聲說，別說了。她向眾人解釋歐娜在開玩笑。

莎樂美聳聳肩。**或許不是**。

艾嘉塔戳戳莎樂美的肩膀，說：我們會找到路，出去旅行。

葛瑞妲緩緩點頭。好，但妳是什麼意思呢，艾嘉塔？我們要離開？

艾嘉塔告訴她，道路代表很多事。

這種「弗里森語法」（雖然瑪莉許從未去過咖啡館，她形容為「coffeehousing」，意為故意干擾對話）讓羅溫家的人很生氣。

奧潔小心翼翼地提議我們該列出離開的優缺點了，眾人都同意。

我發現，奧潔和奈婕摘下她們的頭巾，把長髮編成了一條辮子，讓兩人連在一起。

離開

優點

我們會消失。

我們會安全。

這時瑪莉許插嘴。她說，未必安全，但是第一條絕對是事實，如果我們離開就會消失。她看看周圍的眾人。我們不是時間有限沒空說廢話嗎？

莎樂美回嘴說，不是每件事都要照字面上解釋。她在清單上加寫。

我們不會被要求原諒那些男人，因為我們不會在場聽到這個問題。

瑪莉許諷刺地說，對，但是根據歐娜的宣言，要確立原諒的新方法，不准男人強迫我們原諒，或如果我們不原諒就把我們逐出社區，或用上帝不赦免我們來威脅。她提醒我們，先前歐娜的概念之一就是對小孩造成的傷害，是罪大惡極的，應該自成一個由上帝決定原諒的類型，而且歐娜似乎認為她有權威創造一個新宗教。

歐娜低聲抗議，說她一點兒也不相信。她不相信權威，因為權威使人殘酷，就是這樣。

莎樂美插嘴：是指有權威的人還是沒權威的人？

瑪莉許不理莎樂美。她問歐娜，人怎麼可能不相信權威呢？

歐娜說，人怎麼能夠相信權威呢？

葛瑞妲和艾嘉塔不約而同地拜託她們兩個閉嘴。

我們會看到一些外界的樣子？奈婕．弗里森提出了這個「優點」。

我觀察到隨著老太太的耐心開始鬆動，兩個少女也提心吊膽走向分裂。她們的頭髮仍然互連在一起。「California Dreamin'」的歌詞再度浮現腦中，我哼了起來，

所有樹葉都變褐色……

有幾個女士好奇地看著我——尤其奧潔和奈婕。或許她們在猜想我為何哼起在普查員的收音機聽到的這首歌。我一直在監視她們嗎？我想要向她們解釋我沒有監視，純屬巧合，但我知道不可以。

我請求大家繼續討論離開的優點。

瑪莉許提醒我，她們婦女會決定會議中要做什麼，不是靠「半吊子」失敗農民，只能夠教書的廢柴（*schinda*）。

葛瑞妲發火了。瑪莉許！她站起來大聲說。克拉斯隨時可能回來，妳還在為妳的脾氣浪費時間！克拉斯回家只會把牲畜抓去賣掉，籌保釋金讓強暴犯回到莫洛奇

納，他會對妳和小孩子下手，而妳照樣不敢對他吭聲，現在卻把錯誤的憤怒像機關槍一樣朝我們大家開火。那有什麼幫助？

眾人一陣沉默。

我為錯誤地企圖推動進度道歉，那不是我的職責。

婦女們沒說話。葛瑞妲隨著每次呼吸發出吃力的喘息聲。

備註：瑪莉許用來形容我的字彙*schinda*意思是「皮革工人」，製皮革的工匠。在俄國，門諾派住在有神祕地下河流的黑海沿岸，無法務農謀生的男人被迫為其他信徒牧養牛群。如果有牛死了，放牧人必須把牠剝皮製成皮革。所以，*Schinda*意指不夠聰明不懂農耕的人。這在莫洛奇納是最大的羞辱。

這時葛瑞妲開口，作了個激進的聲明。她說她不再是門諾派信徒了。

奧潔和奈婕雖是假裝冷漠的專家，也在桌邊警惕地抬起頭來。

葛瑞妲說，先前歐娜提過我們女人必須自問我們的身分是什麼。嗯，她宣稱，我已經表明我不是什麼了。

艾嘉塔笑了。她聲稱葛瑞妲曾經多次宣布她退出門諾教派——但是出生在門諾派家庭，以門諾派的身分跟其他信徒在門諾派社區一起生活，說著門諾派的語言。

葛瑞妲主張，這些事情並不會讓我成為信徒。

艾嘉塔問，那麼讓妳成為信徒的條件是什麼？

奧潔又突然開口，想必是想要恢復秩序，提議了幾項離開的**缺點**。

她說，我們沒有地圖。

但是其餘婦女不理她，專心聽艾嘉塔和葛瑞妲的辯論。

奧潔和奈婕前後搖晃，用連接兩人的辮子拔河，但是很溫和。奧潔繼續說：我們不知道該去哪裡。

奈婕發笑。她補充：我們根本不知道自己在哪裡！

兩人一起哈哈大笑。

葛瑞妲終於轉向她們怒斥，噓！接著說：把頭髮整理好。

莎樂美的小女兒梅普爬上梯子來到閣樓，開口呼喚媽媽。莎樂美把梅普抱到懷中。梅普在哭。她很害怕。她聽到了婦女們吼叫。梅普要求莎樂美換她的尿布，不過很羞怯，因為她已經三歲了。

艾嘉塔輕聲向我解釋梅普原本不用穿尿布將近一年了，但最近又要求穿上。莎樂美抱著梅普撫摸她的頭髮，向她耳語，親吻她。在妹妹哄梅普時，歐娜伸手攬莎樂美的肩。

艾嘉塔提議，我們今天到此休會吧？

梅嘉兒點頭，但是要求至少在包裝紙寫上一兩個**離開的缺點**，讓大家和我明天——或今晚稍後，如果大家能夠出門的話，知道從哪裡開始。

莎樂美抱著梅普站起來。

沒有，她說。**離開沒有缺點**。

我想像她在此刻離開，身影變得越來越小，抱著梅普，走過大豆田、咖啡田、玉米田、高粱田、交叉路口、乾涸河床、山溝，越過邊界，完全不回頭憤恨地看最後一眼。

即使是地獄的大門也擋不住她。

艾嘉塔摸摸莎樂美的手臂說，請坐下。

莎樂美聽母親的話。她坐下，望著不遠處。

這時內蒂（馬文）．葛布蘭特爬梯子上了閣樓，出現在眾人眼前。她道歉讓梅普離開視線，跑來找媽媽，不過她沒有說出半個字。

艾嘉塔揮手示意無妨。別擔心，她親切地說，督促內蒂回去照顧其他小孩，他們可能沒人看管。梅普暫時就留在莎樂美這裡。

內蒂用力點個頭，爬下梯子回去了。

我們都知道內蒂很累，艾嘉塔向眾人緩頰。

（內蒂只跟小孩子講話，但在夜晚，社區居民可能會聽到她在睡夢中——也可能是完全清醒時尖叫。）

艾嘉塔提議眾人唱歌給梅普聽，葛瑞妲同意。

小姑娘奧潔和奈婕再度對此要求露出苦惱，不過她們還是跟其他婦女一起唱了

〈天兒父女〉韻律改編版。

歐娜向我微笑。（也可能她沒向特定人微笑，只有我注意到而已。）

婦女們的聲音在歌聲中（或許只在歌聲中）完美和諧地飄揚。梅普窩在她媽媽的胸前。

我該記下歌詞的，但是老實說我幾乎忘光了（被「California Dreamin'」排擠掉了）也無法快速寫下。婦女們為小梅普唱歌時我會默默敬拜。我想起了我父親，也想起我母親。我回想起人生，我母親的髮香味，太陽下我父親彎下腰背後的溫暖，他的笑聲，我母親跑向我，我的信仰。沒有家鄉可以回去，我們只能回歸信仰。信仰是我們的故鄉。〈祢的信實何廣大〉，這首歌在我腦中，我心中，我的思想中，我的智識中，我的家中，我的喪禮中——但不在我的死亡中。

這一天快結束了。歌聲終止。母牛正等著擠奶。蒼蠅離開陰暗的巢穴快速朝污穢的玻璃窗飛去。杜克的狗吠叫著討晚餐，但是杜克在城裡，他是唯一會在乎餵狗的人。

瑪莉許彷彿看穿了我的心思，說她今晚稍後會帶些肉去給杜克的狗，以免牠們攻擊任何小孩。

蒔蘿和烤香腸的鮮明香味從戶外廚房一路飄到了恩尼斯特．席森的乾草閣樓。

葛瑞妲向大家詢問共識：大夥是否同意明天早上我們會針對去留作出決定，然後執行這個決定？

每個女性輪流以自己的獨特方式表示同意。但是輪到梅嘉兒．羅溫的時候，她提出了一件事。她問道，如果婦女們真的離開社區，我們如何忍受再也見不到親戚朋友、丈夫、兄弟和所有男人的痛苦？

莎樂美好像有話要說，但梅嘉兒舉起手阻止她。

莎樂美向梅嘉兒耳語。梅普在她懷中蠕動，但是沒出聲。梅嘉兒露出微笑。

這兩人短暫地發笑，再度交頭接耳。莎樂美問，哪個人？

住口，梅嘉兒說。（她有什麼祕密生活嗎？）

瑪莉許看起來急著想結束會議。她說，如果想要，男人可以跟婦女走，但是他們必須簽署並遵守宣言的條件。

歐娜禮貌地問瑪莉許，剛才她不是斥責宣言是沒用的文件嗎？

瑪莉許張嘴欲言，但莎樂美迅速介入。時間會治癒我們沉重的心，她說。我們的自由與安全才是終極目標，妨礙我們達成這些目標的是男人。

梅嘉兒說，但不是所有男人。

歐娜澄清：本質上，或許不是男人，而是一向被允許控制男人心靈的有害意識形態。

奈婕此時了解其中暗示之後驚醒，她問如果女人們選擇離開，她就再也見不到兄弟了，真的嗎？

（在此我應該解釋，社區裡對兄弟姊妹的傳統定義認知比較鬆散。男人女人，男生女生，都互稱兄弟姊妹——而且實際上，每個居民都有緊密的親戚關係。）

奧潔問：那誰會照顧我們的兄弟？

艾嘉塔・弗里森面露擔憂之色，要求婦女們回到座位上。她嚴肅地說，有些重要的問題。我們作出最後的去留決定之前必須解決。

葛瑞妲說，好吧。幾縷白髮從她的頭巾跑了出來，她用嘴角把它吹開。她的假牙還放在夾板桌面上。她問道：不過擠牛奶和準備晚餐的工作怎麼辦？

乾草棚裡的眾人一臉茫然看著她。

我不由自主地笑了出來，馬上道歉。我發現梅普在莎樂美懷中睡著了。

艾嘉塔的詢問，簡直像是對兩個少女的崇高慈悲善行，她問在場的大家是否同意奧潔和奈婕退出會議去幫社區婦女們做夜間家事。

但是莎樂美反對。她指出，正是奧潔和奈婕這兩個小姑娘提出關於男性的特定疑問。她們理應留下來參與相關討論，還有更重要的，得知我們對這些疑問的答案。

看在《約書亞記》《士師記》《路得記》的份上，那就讓她們留下吧！瑪莉許大喊。

艾嘉塔微笑，左右扭轉她的身軀（她開心滿足時就會做這個動作）。她說，我喜歡這個說法。

莎樂美假裝震驚說，瑪莉許，我不知道耶，妳竟然這麼熟悉《聖經》的年代次序，因為妳手裡似乎沒有《聖經》。

葛瑞姐伸手放在瑪莉許手臂上——警告她別回應莎樂美的評論。她咕噥了什麼，或許理解瑪莉許畏懼克拉斯即將回家卻沒有準備好晚餐。

奧潔和奈婕困在長輩的交火之中，不敢動彈。

艾嘉塔深呼吸一下。她說出婦女沒說出口的恐懼。她說，擠牛奶和準備晚餐可以由「就地」的婦女輕易解決。婦女的未來，需要我們暫時留在乾草閣樓裡說出最後一刻的各種顧慮。

歐娜說：我未必會把我們和男性親友的未來關係形容為「最後一刻的顧慮」。

她說話時或許往我的方向瞄了一眼，但我無法確定。「我的方向」也是窗戶（在我正後方）的方向，上面污穢又爬滿跳蚤，窗外是大片田野、天空和銀河，再遠處是無垠的宇宙。所以或許不是。

婦女們就座，準備繼續討論。陰影落在她們臉上和充當桌子的那塊夾板上。我發現了幾隻老鼠——或許只是同一隻特別活潑的老鼠？奧潔和奈婕仍然黏在一起嬉笑，正在用頭巾撲打蒼蠅。

‡

（嚴格來說，十五歲以上的女性在男性面前都要戴這種頭巾。我從來沒看過奧潔和奈婕的頭髮。看起來很柔軟——奈婕是金髮，從接近白色到金色到卡其色有不同色澤，而奧潔是稍帶著赭紅光澤的深褐髮，跟她眼睛的顏色，還有葛瑞妲的膽小馬露絲和雪若的鬃毛尾巴顏色一樣。我不太好意思承認自己懷疑奧潔和奈婕是否不認為我算是男人，或根本不是男人，在我面前不需要遮頭髮。）

艾嘉塔現在赤腳。她抬起雙腿，靠在一塊木頭上舒緩體液累積的毛病。她稱之為水腫。她講「水腫」這個字時有點驕傲的語氣。（精確地說出折磨你的病名必然會有種滿足感。）

莎樂美把梅普放到她身邊的馬鞍墊毯上，梅普成了婦女們的注目焦點。

艾嘉塔要求我用大字寫出這些：

如果婦女決定離開，男孩和男人們的選項：

1. 如果他們想要，可以跟著婦女離開。
2. 他們簽署布告／宣言之後才可以跟著婦女離開。
3. 他們被丟下來。
4. 他們可以稍後再跟婦女會合，等婦女們決定要去哪裡，安頓妥當，成為一個民主／合議制／識字的社區（定期製作關於男人和男孩對待老少女性的改善／行為的進度報告）。

附註，十二歲以下的男孩，任何年齡的智能不足男性，科內留斯（必須坐輪椅的十五歲社區男孩）和無法照顧自己的年邁／虛弱男性（就是那些留在這裡沒進城的人）可以無條件跟婦女走。

從會議開始以來第一次，婦女們似乎真的很困惑。她們沉默不語，陷入深思。

瑪莉許先開口，她支持第一選項。

沒有其他人支持。眾人聲量不約而同放大，瑪莉許雙手抱胸。她急著想離開。

她把即溶咖啡的渣滓倒到地上，說她想要掐死自己。

歐娜說，可是瑪莉許，男人們有可能，或許是全體，選擇跟我們離開，那我們就只是換地方重新建立現有社區，所有原本的危險都在，無論我們落腳何處。

艾嘉塔補充：而且男人絕對會跟我們走，因為他們沒有我們就活不下去。

葛瑞妲大笑說，哈，頂多一兩天吧。

莎樂美指出一號選項其實很有待商榷。她說，如果最後我們真的決定離開社區而非留下來反抗，就要在男人回來之前離開，以免男人跟著我們走。

梅嘉兒這時已經在公然抽菸（不過，因為莎樂美不高興，她以誇張的大動作把煙霧拍離睡夢中的梅普），說一號選項太離譜應該從清單上刪除。她繼續陳述二號選項（如果簽署要求宣言就允許男人跟著婦女離開）跟一號選項的理由一樣，有待釐清。梅嘉兒說，何況，即使我們真的決定等男人回來之後，再帶著同意簽署宣言的人離開，我們怎麼知道他們的簽署行為不會反悔？除了莫洛奇納的婦女，有誰更了解男人的口是心非？

歐娜說，講得好。

瑪莉許說：那好吧，我們就不管這點把男人丟下。就選三號！她用拳頭拍桌子（夾板），梅普翻了身。

莎樂美要求瑪莉許克制一點。

妳這是矯枉過正，葛瑞妲向瑪莉許抗議。先是允許任何男人如果想要就跟我們離開，現在又把他們全部丟下。

瑪莉許問，如果一號和三號選項都是極端、模糊不清或荒謬，那為什麼一開始要寫出來呢？為了浪費時間？還是給奧古斯特・艾普更多機會練習寫字？

奧古斯特・艾普不需要再練習了，歐娜咕噥。或許瑪莉許嫉妒他的寫字能力。

瑪莉許向歐娜保證她不羨慕無法好好耕田或殺豬的柔弱男人。

安靜！艾嘉塔堅持。顯然一號和三號選項，如同會議紀錄顯示，不切實際也不合理。二號選項有疑慮，因為我們婦女沒信心男人簽署我們的宣言是毫無目的，或是出於善意。

葛瑞妲說，所以，看起來我們唯一剩下的選項就是四號。

（在此提醒：這個選項允許某些條件符合的男人事後跟婦女會合。）

瑪莉許說，呃，妳的意思是寫在包裝紙上剩下的唯一選項吧。

對，艾嘉塔附和。但這些是我們大家集體同意的選項，我們需要某種規則。如果有其他選項，不要憋在心裡——我們必須說出來，把它記錄下來。

瑪莉許說，照妳說的，我腦子裡還有很多選項。

但是，葛瑞妲說，那些選項目前幫不上忙，對吧？我們不知道那是什麼想法或是否可行。如果跟我們已經集體同意，由奧古斯特．艾普寫在紙上的選項有明顯不同，妳要不要告訴大家是什麼？

瑪莉許沉默。

奧潔說：我喜歡四號。

奈婕說：我也是。

艾嘉塔向她們微笑。奧潔和奈婕都有兄弟，也有父親和堂表兄弟，她們希望改天還能見到他們。

葛瑞妲問，大家是否都同意四號選項，條件是我們未來可能改變主意？而且任何改變必須以一個目標考量：莫洛奇納婦女和女孩的安全，還有全體男性的改過可能性？

喔！莎樂美的怒氣變成了眼淚，真是驚人的事態。她用食指壓著鼻梁附近的眼角，把眼淚壓回去。

（我聯想起歐娜用猛吸一口氣結束句子，把話安全地吸回體內的樣子。如果婦女們採行四號選項，莎樂美最愛的兒子艾倫會跟男人們留下來，因為他超過十二歲了。即使只是剛滿。

艾倫是個儀態優雅的乖孩子，我最傑出的學生之一，只是他很快就要永遠輟學去幫其他男人種田了。艾倫是全社區最會走圍牆的人。他天生平衡感優異，能走完一圈圍繞幼馬馬廄馬場的八公分寬圍牆。男孩們和我用各種小機械、木頭和絲線做了個獎盃，我們本地的烙畫家科內留斯高明地用書寫體把艾倫的名字和頭銜刻在獎盃底座上。但彼得斯扣留艾倫的獎盃，還隱諱地警告他虛榮和驕傲的後果，包括被食肉蠕蟲啃食。隔天也警告我們大家。

在彼得斯扣留艾倫獎盃的那天早上，我偷溜出教室走進學校後方的田野中。我站著禱告，跪下禱告，我聆聽上帝的話，等待回答。但我只聽到自己的念頭和我話中的惡毒，像盤繞的蛇群，內容是：今天我逐漸了解縱火心態。我想像我的學生，莫洛奇納的男童們，聚集在教室等我——也可能不是等我，而是在調皮搗蛋，丟擲動物糞便，大笑，嘲弄，畏縮，乞求，彈褲子吊帶，抓走別人帽子，年紀小的以僵硬的笑容祈禱我回去，讓大男生們安靜，恢復秩序。身為老師的我跪在教室後方的田野中哭泣，只有一個欲望，把它全部燒掉，夷為平地。

在獄中，有個獄友聽錯，誤以為我是縱火犯，而非無政府主義者或反基督，於是告訴我他的感覺，憤怒與毀滅，像個複雜的火網。我假裝專心聽，因為我怕他。如果他知道真相還會把他的感覺告訴我嗎？）

艾嘉塔伸手去攬莎樂美的肩。她告訴莎樂美暫時丟下艾倫的哀傷只會鼓舞她（莎樂美）和其他哀傷的母親，重建一個更新更好，適合每個人的社區。

梅嘉兒這時也難過起來，即使她沒有兒子可以丟下。她和莎樂美大多數時候互槓，但在危機時總是同心協力。這時梅嘉兒走到莎樂美這邊的桌旁去擁抱她。

莎樂美問，可是，如果十五歲男孩已經跟男人進城（十五歲是施洗禮和正式成為教會一員的年齡），又允許十二足歲以下男孩跟著婦女走，為什麼十三到十四歲的男孩要被丟給可疑的男人照顧與教養？為何這個範圍的男孩不能也跟著我們走？

萬一強暴犯獲得保釋回到社區，發現所有女性都走掉了，開始把這些十三、十四歲的男孩當作他們的性侵目標怎麼辦？

梅嘉兒插嘴：我們肯定不會怕這個年紀的男孩吧？他們為什麼不能跟我們走？

這時歐娜提的問題嚇了我一跳。她說，奧古斯特，你是男孩的老師。你對這件事的看法如何？這個年紀的男孩對我們全體女性構成威脅嗎？

我為了好好回答她的問題只好停止抄寫。我就是無法壓抑我被歐娜發問的開心與驚訝，構思答案，用低地德語表達，在我腦中立刻翻譯成英文——幾乎同時把英譯寫在紙上。我嘗試回答歐娜的問題時會暫時把筆放下。

‡

現在我又拿起筆來，婦女們正在交頭接耳。

（歐娜謝謝我給這個問題提供了深思熟慮的答案。我喜不自勝難以克制。真希望我能夠像奈婕和奧潔那麼輕易地把自己變成石頭。我感覺我人生的許多問題如果能更……克制的話，或許可以預防。）

針對歐娜的問題——十三、十四歲的男孩是否對莫洛奇納社區的女性構成威脅？——我的答案是肯定的，有可能。無論男女，我們每個人都構成潛在威脅。十三、十四歲的男孩能夠對女性，也對彼此造成很大的傷害。那是魯莽的年紀。這些男孩滿腦子魯莽的衝動、過剩精力、強烈好奇心，經常導致受傷、放縱的情緒，包括過度溫柔與同理心，卻沒有足夠的經驗或大腦尚未發育成熟，能完全了解或體會他們的行為或言語帶來的後果。他們好像幼馬：年輕、尷尬、愉快、有力。他們是高大健壯、性慾旺盛卻沒什麼衝動控制力的生物，但他們是小孩。他們是可以教育的小孩。我是個廢柴老師，失敗的農民，半吊子，柔弱的男人，還有最重要的，信徒。我相信只要有方向、堅定的愛心與耐性，這些十三、十四歲的男孩就能夠重新學習他們在莫洛奇納社區身為男性的角色。我相信偉大詩人塞繆爾・泰勒・柯立芝（Samuel Taylor Coleridge）認定的早期教育的基本規則：「以愛培養愛。讓心智習慣於精確智識與真理。刺激想像力。」在他的〈論教育〉（*Lecture on Education*）中，柯立芝的總結是：「競爭與爭吵能教導的東西極少，一切要靠同情心與愛。」

我向婦女們表達這一點時，歐娜抬頭看著我，跟我一起默唸柯立芝的話。同情心與愛。在我母親的祕密學校裡，她經常引述她最喜愛的浪漫派詩人，關於痛苦、神祕與品德的哲學夢想家柯立芝的話。

我向婦女們猛點頭，差點掉淚，像個瘋狂或哀傷的小丑。我說：我認為一旦婦女選擇離開，應該允許那些男孩跟婦女一起走。

瑪莉許率先回應。這是是非題，她說。你為什麼這樣講？你像其他男人一樣拉屎，為什麼不能像男人一樣講話？

我撓撓頭。我跟她說，我很抱歉。

歐娜不理她。她反過來問我：奧古斯特，如果沒有小孩可以教，你在這個社區裡會做什麼？

我還來不及動腦筋回答，瑪莉許諷刺地說，至少這對奧古斯特肯定是個好機會去學習操作正經工作的工具，像是種田。

奈婕提議，或許較年長的男孩可以繼續上學。那些年過十五歲，已經加入教會的人，都會留下來。

奧潔點頭。她（狡猾地）說：他們有幾個人還可能用教育矯正回來。

奈婕說，對，十五歲男生仍然以為在我們擠牛奶時向我們丟馬糞是示愛的行為。

奧潔大笑。但是真正愛妳的男生丟馬糞時會故意丟不準，她說，或者不會那麼用力丟。

梅嘉兒和莎樂美都搖頭了。

莎樂美說（她的眼淚已成過去式，被成功地逼回眼眶裡封鎖起來）她對小梅普最熱切的夢想就是在某個快樂的日子，有男生拿糞塊丟她時會故意丟不中。

梅嘉兒附和，對，那是每個母親都夢想的日子，讓我們撐過最黑暗時刻的希望。

但那些男生無法留在學校裡，瑪莉許反駁。他們必須下田工作和照顧牲畜。他們的學校在教室外面。她補充，況且，如果這裡沒有女人幫男人做家事，會更加需要那些十五歲男孩。

歐娜說，假設農耕會成為被遺棄男人的核心職業。

瑪莉許問，看在上帝份上，還能有什麼職業？

歐娜聳肩。世界上肯定還有其他的生存方式。

但這些男人沒有，葛瑞妲反駁。這些貨色，他們絕對不是學者。

（我發現奧潔和奈婕神祕地交換眼色。）

艾嘉塔考慮一下這件事。有可能，她說。但是除了學者或農民還有其他職業。

接著，是我覺得意外收穫的時刻，因為我一直在默唸同樣的話，歐娜引述維吉爾，我母親在她的祕密學校教過我們的一句詩。「在田壟上交叉拖犁的人，也有許多貢獻。」[4]

我從會議紀錄抬起頭向歐娜微笑。

4　古羅馬詩人維吉爾（Virgil, 70BC-19BC）的《農事詩》（*Georgics*）第一卷，共四卷。

瑪莉許問，出自《利未記》嗎？

對，歐娜說，正是。我假裝咳嗽。

梅嘉兒用她的手指和拇指揑熄她的香菸，用意無疑是留著晚點抽。她的指尖發黃——不對，是黃褐色。

瑪莉許說，所以，《聖經》支持農耕。很清楚。（我想她在瞪我，不過她的一隻眼睛曾經被蹄鉤刺中受傷，籠罩著一層白霧，她看東西的時候不一定看得清楚。）

歐娜說，但不僅如此，這是個好用的比喻。

寬容的艾嘉塔點個頭承認歐娜無傷大雅的小謊，但又向她解釋：親愛的，目前我們正在計劃救大家的命，所以——

這我知道，歐娜說。我是想幫忙，比喻在這方面可能很有用，而這句台詞、這個比喻非常適用於莫洛奇納的男孩和成年男子，還有——

艾嘉塔迅速點頭。對，她附和。她雙手合握歐娜的手，再度堅持婦女們繼續開會。她說話時深深望著歐娜的眼睛，乞求她。艾嘉塔的眼睛濕潤充血，粉紅色及紅色血管從一個宛如夕陽的深色中心浮現出來。

歐娜不再談比喻的事了。

艾嘉塔繼續說：我們女性在考慮離開這個社區，但是大家已經決定好我們會做什麼、我們怎麼生活、我們怎麼謀生、我們是否與何時離開嗎？我們不識字，我們無法寫字，我們不會講這個國家的語言，我們只有在世界上其他地方未必需要的家事技能，說到這個世界，我們還沒有地圖——

瑪莉許插嘴。別再扯世界地圖了，她說。

我冒著惹瑪莉許生氣的風險介入對話，我提議或許能幫婦女們弄到一份世界地圖。

歐娜問：短期內弄到？

我點頭。

瑪莉許發怒，鼻孔微張。

葛瑞妲閉上眼睛。

艾嘉塔坐直身子。

奈婕問：從哪裡弄？

我回答，從科提札。

婦女們很驚訝。她們異口同聲地問我隔壁的科提札社區怎麼會有世界地圖。

我解釋，為了她們的安全，我無法透露這個資訊——但是我很可能成功在短期間借到地圖，或許以奧潔和奈婕的藝術天分，可以臨摹到包裝紙上。

除了瑪莉許，所有婦女似乎都認為這個主意不錯。

莎樂美問，在科提札社區裡是否可能也有這個地區的地圖？她聰明地指出，假設我們能有包括公路、小路、河流和鐵路的詳細地圖，那就再好不過了。如果有這種地圖的話。

瑪莉許說，對。我們並沒打算橫越半個地球。

歐娜反駁，或許我們會。她補充一個有趣的事實。她說，你們知不知道蝴蝶和蜻蜓的遷徙期漫長到經常只有孫輩抵達預定的目的地？

歐娜說得眉飛色舞。她再度輕鬆地引述我母親的話。我想要謝謝歐娜，我想擁抱她。（不對，我真正想要做的是把她抱起來在閣樓到處旋轉跳舞。小時候，我會在幼馬馬廄後面抱起她來，歡笑著跑一小段路，她會叫我別壓斷她的肋骨，否則心臟會掉出來。）

奧潔和奈婕微笑回應歐娜——不過並不清楚是出於對蜻蜓的小知識感到真心喜悅，或只是因為她們現在有了適當的機會微笑或大笑。我懷疑她們是在笑男性同儕的愚蠢，同時假裝對小蜻蜓孫子丟下舊世代的屍體越過想像的終點線感覺很有趣。

同時，梅嘉兒對這個奇特的事實點點頭。

莎樂美趕走梅普張開的嘴邊的蒼蠅。梅普的手腳放鬆地垂在馬鞍墊毯上。

歐娜這時直視我露出微笑說，你知不知道，蜻蜓有六隻腳但是無法走路？

我點頭，知道。我受到歐娜的目光激勵說，而且，蜻蜓的複眼幾乎覆蓋整顆頭，因此牠們可以同時看到一切，即使是很微小迅速的動作。

有婦女點頭深思。奧潔和奈婕大笑。

是啊，我慌亂地說。對，就是這樣。

我觀察到艾嘉塔和葛瑞妲沒聽到這一點。她們在低聲交談，猜測世界地圖怎麼會出現在科提札。

我向歐娜耳語：有個男的，名叫約翰・凱吉（John Cage）的音樂家，創作了一部演完要花六百多年的音樂劇。每隔幾年，甚至更久才有下一個音符。要用德國某個小鎮教堂裡的特殊管風琴演奏。

歐娜用氣音回答：啊，是喔？

我：是啊。

歐娜：約翰・凱吉是門諾派信徒嗎？

我：不是。

歐娜：喔。

我：呃，或許他是。

歐娜：對吧。

這時婦女們在想像，如果彼得斯發現世界地圖竟然就藏在離莫洛奇納不遠處會怎麼辦，大家都笑了。

艾嘉塔提醒我們一件事，在某個星期日，彼得斯向信徒們舉起恩尼斯特．席森的有機農法手冊，當作被世俗影響的證據。恩尼斯特．席森被長老們懲罰在八週內禁止接觸社區裡任何人。那段期間，他在鄉間小路亂晃，睡在幼馬馬廄附設的馬具室裡。（如今恩尼斯特癡呆了——除了被搶走的時鐘記憶永不遺忘——這算是福氣，他已經忘了先前的壞事，不是完全相信上帝會毫不保留地歡迎他進入天國，就是根本不曉得上帝或上帝的國度存在。）

瑪莉許試著把大家拉回話題。她提醒我莎樂美剛問了一個問題。科提札可能也藏有區域地圖嗎？莎樂美重複再問一遍。

我大膽猜測有可能。

瑪莉許問我能否把它跟世界地圖一起夾帶出科提札，我答應如果有的話我會。

瑪莉許向我道謝！還承認我終究有點用處。在她的詞彙中，走私客雖然不像農民那麼可敬，仍比老師有用。

歐娜說，可是奧古斯特一直都很實用。如果沒有奧古斯特，瑪莉許以為誰會幫大家解讀地圖？難道瑪莉許瞞著大家，突然受到上帝賜福懂得地理學和製圖學了？

瑪莉許揮手不理會這個問題，歪過頭，用她被咬斷的手指指向窗戶。

歐娜有個提議：或許婦女們可以邊走邊繪製自己的地圖。

眾人不解地把注意力轉向她。

葛瑞妲說：這倒是個新點子——

歐娜打斷她，開始往放在身邊的牛奶桶裡嘔吐。

葛瑞妲說：喔，親愛的（*schatzi*）。

艾嘉塔起身——放下抬到現在的雙腿——走到歐娜面前。艾嘉塔撫摸歐娜的背，撥開幾撮從歐娜頭巾露出的頭髮避免沾到嘔吐物。

歐娜抬起頭告訴婦女們她沒事。

眾人點頭。大家的注意力轉向正在喘氣的梅嘉兒。她的手按在胸口。

葛瑞妲說，又怎麼啦？

艾嘉塔問：梅嘉兒，妳還好吧？

梅嘉兒用力點點頭。

莎樂美低聲向我解釋梅嘉兒的老毛病又犯了。她走到梅嘉兒身邊輕柔無聲地耳語。她握住梅嘉兒的手。

其餘人低下頭禱告，請求上帝恢復梅嘉兒的平靜。

梅嘉兒在牛奶桶上搖晃，接著跌下來躺在稻草堆上，身體顯得很僵硬。

莎樂美躺到她旁邊繼續向她低聲耳語同時抱著她。眾人繼續禱告。

艾嘉塔說：全能的天父，此刻我們無比謙卑地祈求您的無窮恩典。我們懇求您，憐憫我們的梅嘉兒姊妹。請用您的慈悲治療她。我們請求您，請用您的力量和永恆的愛包圍她，請驅走她現在身上的疾病。

婦女們繼續低著頭向天父說出各種讚美之詞。（我記得我父親在失蹤前兩天告訴我，宗教殿堂入口的兩大支柱就是說故事和殘酷。）

莎樂美偷偷地蓋住梅嘉兒的耳朵以免聽見婦女們的禱告。

這時莎樂美要求歐娜幫梅嘉兒捲根菸。她繼續在梅嘉兒耳邊無聲地低語。梅嘉兒這時看來穩定一些，比較放鬆了。她不再顫抖。她的呼吸恢復了正常。

歐娜幫梅嘉兒捲好一根菸，滿心歉意交給她。她不是老練的捲菸者，梅嘉兒看到形狀之後皺眉。

其餘婦女繼續禱告，低著頭，互相牽著手。

梅嘉兒復原，她和莎樂美一起回到桌邊的座位。

艾嘉塔說：讚美上帝。

葛瑞妲叫奧潔跑去抽水機拿水，準備幾杯即溶咖啡，奧潔飛快地跑走。奈婕像家燕般立刻跟上。她們迅速消失。

莎樂美跑到窗邊把奈婕叫回閣樓。

我們聽見奈婕在遠處喊叫，不要，幹嘛？我要去幫奧潔！

艾嘉塔說，隨她去吧。

但是莎樂美再次呼叫奈婕，接著看向窗外一陣沉默。

奈婕回到了閣樓。

艾嘉塔顯然對莎樂美不悅，但是沒說話。

這時瑪莉許宣布梅嘉兒發作是因為想到婦女們製作自己的地圖。她解釋，不是有意識地畏懼自己做地圖，而是其中暗示：我們是自己命運的主人。我們會出發前往不可知的領域。

對，艾嘉塔說，這令人恐慌也是合理……

梅嘉兒吐出煙圈。她說，我不是恐慌。

好，艾嘉塔說。但是在這種情況下，恐慌是可以理解的。

梅嘉兒說，但是我沒有。

艾嘉塔瞄天花板一眼。

短暫沉默之後，葛瑞妲告訴眾人一件奇聞軼事。她說，因為胯下受傷，有三年期間，她只能倒退走路，無法前進。（我發現要出發卻不知往何處去的概念激發了這段回憶。）

不久我們又發生了另一個事件，讓梅嘉兒從未知的不安感分心。

內蒂（馬文）．葛布蘭特又爬上了閣樓梯子，這次揹著瑪莉許的么子朱利亞斯．羅溫，他看起來哭得難以哄騙。

葛瑞妲朝天舉起雙臂。我的天啊又怎麼了？

內蒂（如我先前提過，自從性侵事件後，她就只跟小孩子講話）把小朱利亞斯塞到瑪莉許的大腿上。她打個手勢，指著孩子的鼻子，就我能理解的程度，表示不知所措。

艾嘉塔冷靜地問內蒂能不能破例一次，在這種情況下拜託講理開口。她指出，閣樓這裡只有女性。（我保持靜止不動。）

內蒂沉默，斟酌艾嘉塔的要求，朱利亞斯還在瑪莉許的懷中哀嚎。

他怎麼回事？瑪莉許在嘈雜聲中急忙問。

艾嘉塔說，內蒂實際一點。朱利亞斯發生什麼事了？

內蒂終於開口，但是講話時面對朱利亞斯。她說小朱利亞斯把櫻桃核塞進他的鼻孔裡，她挖不出來，反而越推越深入他的鼻子裡。

婦女們立刻反應。她們再度交頭接耳，我無法記錄。

歐娜把兩根手指插進嘴裡吹聲口哨。（多麼迷人的技能啊！也是實用的資產。）

其餘婦女停下來看著她。

歐娜雙眼之間有兩條模糊的垂直皺紋，宛如向上通往髮際線但是半途消失的小鐵軌。如果朱利亞斯把櫻桃核塞進鼻子裡，她說，那麼可以推斷朱利亞斯一定是在吃櫻桃或很接近櫻桃。我們莫洛奇納這兒沒有櫻桃。我們吃的櫻桃都是靠一位進城辦事的長老從城裡買來的，當作社區居民的零食。

婦女們沉默，消化這個訊息。艾嘉塔穩住目光靜止不動。

莎樂美咒罵著走到窗邊。

葛瑞妲低頭叫奧潔，奧潔從抽水機走回閣樓途中還沒走到梯子下。她說，去看看是不是已經有男人從城裡回來了。如果有，查清楚是誰。

她低頭大喊，還有，如果男人問婦女都跑哪裡去了，就說露絲和雪若今年春天生產太晚，出了些問題！

艾嘉塔聞言反駁。她指出，社區的男人都知道露絲和雪若去年沒交配，所以今年春天不可能生小馬。她低頭向奧潔喊：如果男人問起就告訴他們，婦女們都去科提札，幫忙發生難產的姊妹了！

其他婦女都贊成這個說法。莫洛奇納社區的男人絕不會干涉分娩（或表示興趣），尤其是發生在大老遠的科提札。

艾嘉塔也要求奧潔重新戴上頭巾。奧潔和奈婕都把頭巾時髦地綁在手腕上，男人不在時，莫洛奇納的少女流行這麼做。

這時輪到梅嘉兒向她女兒大喊：跟男人說我們在縫被子，但妳不知道在誰家，而且我們得一直忙到晚上，因為合作社臨時下了大訂單！

備註說明：合作社販賣門諾派的商品給觀光客。莫洛奇納的婦女們負責提供商品，但是禁止前往合作社或處理銷售所得的金錢。

莎樂美說，啊，這招不錯。莫洛奇納的男人都不會靠近婦女的製被場地。她站在窗邊，望著奧潔，她跑步離開了。

莎樂美從窗口轉身面向眾人。她向奈婕說，妳現在必須跑到每戶人家通知婦女們，如果她們遇到男人問起，就說我們有些人為了完成棉被訂單要工作到深夜，其他女人在科提札照顧一個難產的姊妹。男人會想要吃飯。提醒婦女們告訴男人，如果他們是閣樓這裡任何人的親戚，說我們在糧食庫裡留了些湯和幾條麵包。到了明早男人會再度離開，會了解我們整晚在忙各種工作，沒空為他們送行。

奈婕沒有立即行動。

莎樂美催她，快，去啊！

奈婕懶洋洋地默默從桶子站起來，先伸個懶腰整理頭髮，直到莎樂美生氣大吼她的名字，奈婕！

這時瑪莉許已成功取出朱利亞斯鼻子裡的櫻桃核，就像吸出蛇咬的毒液，或違法用虹吸管抽出警車裡的汽油般用她的嘴巴去吸，朱利亞斯開心地咬著恩尼斯特·

席森的牲口用的舊韁繩上一塊破爛皮革。艾嘉塔告知內蒂她可以離開了，最好回去顧其他小孩。朱利亞斯就暫時留在閣樓吧。

但瑪莉許要求內蒂等一會兒。她問道，朱利亞斯是怎麼拿到櫻桃的？

接著她又問，克拉斯給的嗎？（瑪莉許的丈夫。）

內蒂再度面向朱利亞斯回答，只看著邊玩邊咬渾然不知的他。她解釋說朱利亞斯和其他幾個較大的孩子在庭院裡，有個小孩發現了大路上的二輪輕馬車，這個大孩子，可能是班尼．艾德斯，慫恿其他小孩，包括騎在一個強壯小孩肩上的朱利亞斯，去攔那輛馬車。他們回來之後拿著一紙袋的櫻桃，輪流傳遞分食，朱利亞斯就這樣闖禍了。

瑪莉許問內蒂：所以妳不知道那輛馬車上是誰？

內蒂向朱利亞斯說：我不知道。

梅嘉兒說，我擔心那些投票主張（回應性侵事件）什麼也不做的女人。如果男人們回來了，這些女人通知他們我們正在策劃這次造反的風險很高。

瑪莉許冷笑。這不是造反，這不是正確的用字。

莎樂美惱怒地嘆氣。瑪莉許，妳一直把自己當作某種權威，不停破壞我們的會議，而且老是對任何事隨心所欲或荒謬發言。即使妳沒有提出反對，也會堅持妳才是對的。妳遇到挑戰時就會歇斯底里。

不對，瑪莉許插嘴。是妳，莎樂美，或許還有在場的其他弗里森家女人，老是稱頌精確貼切的語言，或正確用字的美德。在這個例子裡「造反」擺明是不正確的，因為造反涉及暴力，而我們莫洛奇納女人策劃的事並不包含暴力。

歐娜懇求她們保持冷靜。會議必須進行下去，她說。而且瑪莉許說得對。「造反」不是形容我的計畫的正確字眼。等我們講好細節之後會取個適當的名稱。

她回到梅嘉兒先前的論點，支持什麼也不做的一派向男人告發我們的風險。她說，這些女人確實會拒絕犯下說謊的罪過。我們只能相信這些婦女即使不懂推諉搪塞，被問起我們的行蹤時也會佯裝不知情，或者在不違背教義的前提下發揮創意完全迴避這個問題。

（我強迫自己此刻別講話，不反駁，不挑戰，不高傲地糾正歐娜的信任，不露出絲毫擔心的跡象。我擔心遭背叛、擔心壞心的傢伙，尤其是疤臉珍絲。我默默乞求上帝，原諒我的僭越，我的懷疑，賦予我像歐娜對社區姊妹們，對所有人，對善心的同樣信念。）

歐娜繼續說，她擔心暫時回來莫洛奇納的男人會拿走婦女們往後需要賣掉或當作沿路消耗用的馬和（或者）牲畜。

瑪莉許問：沿路消耗？我不曉得我們對於去留已經作了最終決定。我唯一知道已經決定的是女人不是動物。即使我們達成那個結論，在女性之間也沒有穩固的共識。

歐娜承認，對，我們確實還沒確定要離開。但如果我們真的離開，我們會需要越多牲畜越好。

葛瑞妲問歐娜，既然這是當初男人回來的唯一理由，我們怎麼防止男人帶走部分牲畜？

歐娜有個提議：或許我們可以透過內蒂（她還在乾草棚裡逗留）轉達訊息，說男人出發進城以後牲畜就生病了，現在正在隔離中？

梅嘉兒提醒歐娜，內蒂不跟成人講話。

瑪莉許指出隔離的說法也是另一種謊言，嚴重的罪過。我們不只會犯說謊之罪，她說，也會教壞自己的女兒。如果我們慫恿內蒂說謊，就是在欺負傻瓜占便宜。

莎樂美舉手發言。內蒂不是「傻瓜」。她宣稱，內蒂的異常行為——給自己取男生名字和只跟小孩說話——可以視為是她對長期遭受可怕至極的攻擊的回應。

瑪莉許說，我們都是受害者。

確實，莎樂美說，但是我們的回應各不相同，沒有誰比誰更恰當的問題。

瑪莉許揮手不理這個反駁。她繼續陳述她的說謊議題。她說，鼓勵別人代表我們說謊，肯定是比自己說謊更糟糕的罪。如果不靠被我們騙過的長老，我們說這個謊（關於婦女行蹤、縫被子、照顧難產等等）要怎麼被原諒，如果我們的出走計畫實現，我們再也見不到他們，所以我們無人原諒，失去神的眷顧，變得黑心，也無法進入上帝的天國吧？

葛瑞妲說，或許會有其他長老、神職人員，我們還沒見過的人能夠赦免我們的罪過。

莎樂美聞言大怒。她拉高嗓門，吵醒了梅普，朱利亞斯也停止咬皮革。她大喊，我們不必被上帝的男人原諒。為了保護我們的孩子免於邪惡男人的劣行，我們不必被神職人員原諒，他們跟我們告解的對象是同一批人。如果上帝很慈愛，祂會親自原諒我們。如果上帝是記恨的神，那麼祂也是以祂的形象創造我們。如果上帝是全能的，那祂為何沒有保護莫洛奇納的女人和女孩？若根據我們睿智的主教彼得斯的說法，《馬太福音》中的上帝要求：讓小孩子到我這裡來，不要禁止他們[5]。那麼我們的小孩被攻擊時，不就是一種禁止嗎？

莎樂美暫停，或許想休息……

不，不是休息。莎樂美繼續喊道：她會毀滅一切傷害她孩子的生物，她會把敵人碎屍萬段，她會玷污敵人的身體把它活埋。如果她保護小孩免於邪惡，進一步毀滅邪惡，免得它傷害別人算是犯罪，她會當場請上帝把她打死。她會說謊，她會狩獵，她會殺生也會在墳墓上跳舞，在地獄受永恆火刑，也不會允許另一個男人用她三歲小孩的身體滿足他的暴力慾望。

艾嘉塔輕聲說，不，跳舞不行。玷污也不行。

梅普哭了起來，小朱利亞斯在笑，有點心虛，眼神明亮得好像小珍珠。

梅嘉兒走向莎樂美，如同莎樂美先前安慰梅嘉兒，擁抱莎樂美。

歐娜從稻草堆上抱起梅普唱歌哄她，一首關於鴨子的兒歌。（歐娜還記得我聽到鴨叫聲時感到的快樂和安慰嗎？）

艾嘉塔低聲叫內蒂回去顧其他小孩後，沉默不語。葛瑞妲和瑪莉許也沒說話。

內蒂爬下梯子。

我們／我只聽見歐娜的聲音。她唱歌時很逗趣，魚散開加速時加快歌詞，魚靠近水面沐浴在陽光下時則放慢。孩子們很安靜，完全被吸引住。歐娜繼續唱鴨子在

5　十九章十四節。

海裡游泳的兒歌，一遍、兩遍、三遍和四遍。

歐娜問孩子他們知不知道什麼是海，他們睜著四顆海水般的藍色大眼睛望著她。歐娜把海形容成另一個世界，我們看不到，存在水底下。她把海中生物定義成海，而非海洋本身。她講到魚和其他生物。

最後，瑪莉許插嘴。她告訴孩子們，海是一大片廣闊的水面，沒別的東西。他們是小孩，歐娜，她解釋說。怎麼能指望他們了解看不到的事情？況且，妳從來沒看過海。

莎樂美笑了起來。她說：海底生物又不是隱形，也不是看不見。我們只是從這裡看不到。我的天啊。

瑪莉許說，妳不懂小孩的敏感度，莎樂美。

莎樂美說，哦，是嗎？如果我讓自己的小孩被大笨蛋打得鼻青臉腫，像妳家克拉斯，我會被認為比小孩如何認知無形生物更高明嗎？

瑪莉許震驚地說不出話來。

梅嘉兒說，莎樂美，這話不合理。她勸莎樂美吸一口她的菸。歐娜默默同意。我知道她認為莎樂美的攻擊不清楚也沒她高明。我知道是因為她看著莎樂美皺眉的樣子我以前看過（她額頭上逐漸消失的鐵軌）。歐娜幾乎容忍她妹妹的憤怒，而且會謹慎回應。或許她多年以來了解招惹她妹妹準沒好結果。

宛如要整理我的思緒，這時艾嘉塔提議我們**想想**什麼是良善。她背誦《腓立比書》裡的詩句：凡是真實的、可敬的、公義的、清潔的、可愛的、有美名的，若有什麼德行，若有什麼稱讚，這些事你們都要思念[6]……賜平安的神就必與你們同在[7]。

其餘婦女互相等別人先發言，回答艾嘉塔徵求的好建議。其實，婦女們似乎並沒有積極動腦筋。

莎樂美完全忽視這個問題。她向母親說，如果我留下，我會變成殺人犯。（我

6 《腓立比書》第四章第八節。

7 《腓立比書》第四章第九節。

猜想她的意思是，如果她留在社區內，如果被捕的男人獲得保釋從城裡回來。）

還有什麼更糟糕的？莎樂美問艾嘉塔。

艾嘉塔點頭。她繼續點頭。嘟起嘴唇，邊眨眼邊點頭。她的掌根放在桌上但豎起手指，指向乾草棚的屋梁，指向上帝，指向意義。其餘婦女沒說話。很不尋常。

我在瑞士觀光客留給合作社那本介紹名畫的書裡看過米開朗基羅的《亞當的誕生》。我父親私下在社區裡傳閱那本書，但老彼得斯發現後便毀掉書。謠傳他一頁一頁親手撕下點燃——希望是為了親眼看過所有繪畫的機會。目標明確又忙碌的人會一口氣丟進火盆裡燒掉。

婦女們仍然詭異地沉默。

我提起名畫書籍只是因為艾嘉塔的手指指向上帝。在某個程度上，令我想起《亞當的誕生》。也因為乾草棚裡一片寂靜，我想假裝忙碌，我在這裡的職責就是寫字——這是我的第一個念頭，至少有東西可寫。

婦女們保持沉默，想著什麼才是良善、公義、可愛、清潔等等。也可能是在想其他事情。我不知道她們在想啥。或許在想縱火。想到《亞當的誕生》，我就聯想到關於人類手指的另一件事。

人類手指可以感覺出小到十三奈米的物體，意思是如果你的手指有地球這麼大，你可以摸得出穀倉與馬的差別。我希望記得向歐娜提起這件事。我也希望提起米開朗基羅的《夏娃的誕生》（西斯汀禮拜堂作品的第五幅），可惜知名度和受歡迎度遠不及《亞當的誕生》，在《夏娃的誕生》中，亞當昏迷躺在一塊岩石上，而夏娃裸體站著，向上帝乞求。會是什麼事呢？上帝在這幅畫中降臨地球，不再漂浮雲端輕鬆地伸出祂的手指。這次上帝表情嚴肅、緊張。祂到地球來跟夏娃說話……或者是應她請求才來？祂為何離開天使飛舞的雲端？

畫面中，夏娃在懇求上帝，乞求，哀求……或許也講道理，彷彿她有能力讓基督教恢復最初的光彩。她背著睡在地上的亞當做事，好像在暗示她知道他不會贊同。但是不贊同什麼？她私下求見上帝？或她在說的話？

另一件關於合作社的事：面向南方的牆壁上釘著一張褪色的照片。那是英國

《衛報》刊登的照片，很多年前來到莫洛奇納採訪門諾派信徒的專業攝影師拍的。這個攝影師最先向我爸提起去英國的主意。照片捕捉了我們社區裡的幾位年輕男女。照片下的圖說寫著：門諾派就寢之前喜歡花點時間在星空下聊天。

這張夜間拍攝的照片中，我們看到門諾女孩坐在戶外滿天星斗下黑暗中的塑膠椅上。看起來宛如某種不為人知的災難剛發生在這些聊天的信徒身上。天色已開始轉為芥末黃色。背景有兩個男人在交談。還有兩輛輕馬車和兩匹馬，一棟房屋一棵樹和一座儲藏塔。照片裡的女性之一是歐娜。她年輕苗條，向前俯身聽其他女孩在說什麼。她修長的手指緊抓著塑膠椅的扶手，彷彿準備好隨時往前衝，也可能是跳向頭頂上的黃色天空。

歐娜當然沒看過這張照片，但改天我想要告訴她一件事。性侵事件之後有很多來自全世界的攝影師來到合作社詢問到社區的路。彼得斯下令合作社的人不准跟這些人講話。鐵鋪設在合作社隔壁的鐵匠海恩茲．葛布蘭特在教堂告訴我，有張美國報紙的剪報被寄到合作社。因為合作社的門鎖上了，剪報就被丟到他的鐵鋪。海恩茲．葛布蘭特把信轉交給合作社。他記得自己拼命把信拿得離他的身體遠遠的，好像那是某種灼熱危險的東西。標題是：對莫洛奇納社區的女性而言，魔鬼現身，化身為七個鬼魂。海恩茲．葛布蘭特告訴我，彼得斯發現這張剪報時，點頭表示認同。據海恩茲．葛布蘭特轉述，當時他說，對，這是真的。「把男人丟在鳥不生蛋的鬼地方，囚禁他們，虐待他們，讓他們不人不鬼，就會變成這樣子。」

我問海恩茲．葛布蘭特，彼得斯真的這麼說過嗎？海恩茲證實了。海恩茲告訴我，他們兩人重新鋪設教堂屋頂木瓦板的時候，彼得斯就是眼眶含淚這麼跟他說的。

我問海恩茲，但是以他這種表現，怎麼繼續當莫洛奇納的主教呢？

海恩茲搖搖頭。他不知道。他建議我們分析這個說法：「把男人丟在鳥不生蛋的鬼地方，囚禁他們，虐待他們，讓他們不人不鬼，就會變成這樣子。」

海恩茲和我站在通往莫洛奇納外面，朝向邊界的路上，低聲複誦這些話，試著理解彼得斯的意思。或者，他為什麼含著眼淚這麼說。或者，他為什麼說出來。

海恩茲．葛布蘭特已經離開莫洛奇納。他帶著妻小走了。傳說他聽到彼得斯說惡魔真的找上莫洛奇納的女人之後害怕了。傳說海恩茲．葛布蘭特不夠男子氣概或不夠虔誠無法接受事實。傳說海恩茲．葛布蘭特很容易洩氣，受不了這個世界。彼得斯正式把海恩茲．葛布蘭特逐出教會，但大家都知道海恩茲．葛布蘭特已經離開教會，與他自己創立的社區判決毫無瓜葛。

海恩茲．葛布蘭特送過我一個禮物，馬蹄鐵。他說，聽說可以帶來好運。莫洛奇納沒有好運這回事。相信運氣是種罪過。哭泣是可恥的。一切都是上帝的旨意，上帝創造的世界上沒有偶然。如果上帝創造了這個世界，我們為何不該接受呢？

我會永遠記得海恩茲．葛布蘭特。

婦女們仍然沉默。歐娜來到我坐位的背後看著我。她會把手放在我肩上嗎？我寫字時她看著我。我的筆在發抖。她不識字，所以就算我寫下，歐娜，我的靈魂屬於妳，她也不會知道。

她打破沉默。奧古斯特，她說，我知道這些是什麼（她指著字）。這是字，但這些小東西是什麼？

我告訴她那是逗點，在文本中表示短暫停頓，或是喘氣。

歐娜微笑，然後吸口氣，彷彿把話吞回去，縮回她的體內，或許給她未出生的孩子認字，敘述，她的……她沒再說話，我拼命想用某種方式回應。

我說，妳知道嗎，有一種蝴蝶叫做蛺蝶[8]？

歐娜驚呼一聲。

這個反應太不恰當，太滑稽了。

她問道，是嗎？

是，我說，被稱作蛺蝶是因為——但歐娜阻止我。

別說，她說，讓我猜猜。因為牠從葉子到莖到花瓣飛來飛去，只在途中暫停？因為牠的旅途就是牠的故事，絕不停止，只有暫停，總是在移動。

我微笑點頭。沒錯，我說，就是這樣！

8 Comma，與逗號相同。

歐娜握拳打她的手掌：啊哈！她回到自己座位上。

但這不是真的，這不是蛺蝶命名的理由。文本和旅途中當然會有句點。停止。真正的理由很平凡，是因為那種蝴蝶翅膀底側有個很像逗點的圖案。

此時我不懂我為何讓她相信錯的理由，但或許有朝一日，我會想通。

‡

啊，婦女們開始騷動，沉思結束了。我可以繼續記錄。

艾嘉塔先開口。

她說，莎樂美，沒有比成為殺人犯更糟糕的了。如果妳留在社區裡，跟出手侵犯的男人相處，跟提出足夠保釋金讓等候審判的犯人回到社區的男人相處會變成殺人犯，那麼為了保護妳自己的靈魂，保留進入天堂的資格，妳必須離開社區。

瑪莉許皺眉，對艾嘉塔的說法很不悅。她反駁，我們並非全是殺人犯。

歐娜說，只是還沒有。

艾嘉塔點頭。瑪莉許，她說，妳有沒有想過殺掉那些性侵犯人的其中一個？

從來沒有，瑪莉許說。太愚蠢了。

艾嘉塔問，妳有沒有希望那些犯人去死？

瑪莉許承認她有，但是立刻請求上帝原諒她。

如果那些人在妳附近，妳是否相信妳的殺人念頭會變強？艾嘉塔追問，如果妳每天看見那些人，如果那些人的權威地位高過妳和妳的子女，而且彼得斯期望妳服從那些人呢？

對，瑪莉許說，我相信會那樣，在那種情況下我殺人的念頭會增強。

莎樂美說，啊，所以妳還是有殺人的念頭嘛。

不對，瑪莉許說，我說過了。我只希望那些人去死。

艾嘉塔總結，這正是我們必須離開的理由。

瑪莉許和葛瑞妲張嘴想反駁，葛瑞妲還對天舉起雙臂。

但艾嘉塔繼續說：我已經照《腓力比書》的詩句指示的，想想什麼是良善，什麼是公義，什麼是清潔，什麼是優越。我得到了一個答案：和平主義。

艾嘉塔說，和平主義就是良善。任何暴力都無法正當化。她說，留在莫洛奇納，我們女人就會背叛門諾派信仰的核心信條，也就是和平主義，因為我們留下來就是故意把我們自己和暴力放在直接衝撞的路線上，我們對自己的犯罪。我們形同歡迎傷害。我們會陷入戰爭狀態。我們會把莫洛奇納變成戰場。留在莫洛奇納，我們就成了壞信徒。根據我們的信仰，我們會成為罪人，而且我們會進不了天堂。

梅嘉兒吸了一大口菸。她吐氣，點點頭。艾嘉塔說得對。

梅嘉兒說，那，我們快點吧。

瑪莉許反駁，但是留下來反抗，我們有機會為我們的小孩達成和平。遲早啦。而且我們的社區可以保持完整，我們也可以繼續與世隔絕，不用入世，這是門諾派信仰的另一個核心信條。

艾嘉塔說，那也沒錯，但是我們信仰裡沒有信條要求我們跟激發我們心中暴力因素的男人一起與世隔絕。

歐娜問瑪莉許，妳真正的意思是想要留下來但不反抗吧？因為妳有多久無力反抗克拉斯的侵犯、保護妳的小孩或避開傷害了？

瑪莉許發怒。她起身，咬緊下巴，眼冒怒火。她問歐娜，妳既不是妻子也不是母親，憑什麼批評我該怎麼做？妳只是個夢想家，白癡學者，老處女，精神崩潰的瘋婆子，神經病！

我拼命寫快一點，但我跟不上瑪莉許。她還罵歐娜是妓女、未婚媽媽。

莎樂美從牛奶桶上站起來，朝瑪莉許大吼。她說歐娜是像其他許多人被迷昏強暴的，現在還不幸懷孕。瑪莉許竟敢罵歐娜妓女。上帝在祂創造的世界上強迫亞當陷入沉睡，趁他睡覺時取出他的一根肋骨創造了夏娃。亞當是妓女嗎？

瑪莉許回罵，亞當是男人！

莎樂美不理她，大喊：這種行為是亞當自願的嗎？他有能力保護自己嗎？

（簡短註記，以便日後思考：我對莎樂美的說法很好奇，因為碰巧講到先前我在筆記簿裡關於米開朗基羅畫作的想法。）

莎樂美繼續用嘶啞的聲音喊叫。瑪莉許，難道妳不怕自家可愛的朱利亞斯會變成像他父親的怪獸，因為妳不出手保護他，不教育他，不教他父親的做法是犯罪，還有腐敗……

艾嘉塔搖搖晃晃（她的水腫仍然是個問題）走到莎樂美身邊。她輕聲叫女兒回去牛奶桶上坐好，撫摸她的頭髮，咕噥些我聽不清的話。艾嘉塔一手撫摸莎樂美頭髮，另一手揉自己的眼睛，發出噗滋噗滋的聲音。

莎樂美溫柔地把艾嘉塔的手從眼睛上拉開。別這樣，她說。那個聲音。妳揉太用力了。

艾嘉塔感動地微笑。

莎樂美瘋了，瑪莉許說，她講話顛三倒四。

瑪莉許轉身面向歐娜補充：妳竟敢批判我？

歐娜迎向瑪莉許的目光微笑。那不是批判，她說，只是個疑問。

艾嘉塔湊過去向歐娜耳語。

歐娜向瑪莉許道歉，後者叫歐娜去做一種我不能描述的粗魯行為。（我在此可以說的是，瑪莉許也用破爛英語叫歐娜「滾蛋」。外界存在的許多東西被莫洛奇納隔絕，但是咒罵像痛苦一樣，總是有辦法滲透進來。）

瑪莉許！葛瑞妲說，閉嘴坐下。

瑪莉許發出巨響坐下。

梅嘉兒和莎樂美在輪流抽一根菸——似乎在等待氣氛緩和。

艾嘉塔繼續撫摸莎樂美的手臂和頭髮。她又揉著自己的眼睛，發出微小的噗滋聲。

莎樂美皺眉又說一遍，媽，別這樣。

瑪莉許沒說話。

奈婕低聲說：我想這是「滾開」的意思。眾人點頭同意。

歐娜再度道歉，補充說她也想過《腓力比書》的詩句思考什麼是良善。她說，自由是良善，比奴役好。原諒也是良善，比復仇好。對未知的希望是良善，比熟悉的仇恨好。

瑪莉許保持出奇的冷靜。她誠心不帶諷刺地問歐娜，但是安全、住宅和家庭呢？婚姻、服從與愛情的神聖性呢？

我不懂那些事情，一樣也不懂，歐娜說。除了愛情。她說，即使愛情對我也很神祕。我也相信我家就是我媽、我妹妹和未出生小孩所在的地方，無論他們在哪裡。

瑪莉許問：妳不會恨妳未出生的小孩，因為他或她是激發妳心中暴力念頭的男人的小孩嗎？

我已經愛這個小孩超過一切，歐娜說。他或她跟夕陽一樣純潔又可愛——

她看著我。我屏住呼吸抓抓頭，請求原諒，但為了什麼事或為誰，像視覺幻象想不出來——

這孩子的父親出生時，歐娜說，也是這樣的。

梅嘉兒說，等等，我不同意。男人天生邪惡。上帝把他帶進這個世界是考驗我們，考驗我們的信仰。

莎樂美冷笑說。梅嘉兒，幾個月前不就是妳說所有強暴犯都是受了魔鬼的影響嗎？所以到底是哪個？上帝和魔鬼對妳來說是同樣的嗎？

梅嘉兒翻翻白眼說，喔，去他的，我不知道。

葛瑞妲厭倦地說，我不想再聽到這些粗話。

艾嘉塔發出一個小聲音。她在哭嗎？不，她沒有哭。她太用力揉眼睛，就像莎樂美說的，弄痛了自己。

瑪莉許保持冷靜，繼續質問。如果歐娜的意思是原諒就是良善，比復仇好，她是在暗示我們必須原諒莫洛奇納的男人，尤其是犯人，而非伸張正義制裁他們嗎？若是如此，留在莫洛奇納原諒他們不是一種可能嗎？

莎樂美指出，但是莫洛奇納的男人，尤其是犯人，並沒有請求原諒。

對，瑪莉許說，但是彼得斯會堅持叫犯人請求原諒。到時，為了不犯忤逆上帝的罪過，蒙受被逐出教會與放逐的風險，我們就必須原諒他們！

這時葛瑞妲已經把她的頭放在桌上的假牙旁邊。（有隻小老鼠，可能是也可能不是剛才那一隻，正爬過閣樓的地面。你們怎麼數量這麼多，你們要去哪裡？）

歐娜堅稱，若非真心，原諒就有待商榷。我們唯一必須做的事就是保護上帝賜與的靈魂。我們必須設法真心原諒莫洛奇納的男人，無論彼得斯或其他人期待我們怎麼做，即使他們沒有親自請求，即使他們餘生一直宣稱無辜。

瑪莉許稍微激動地說，所以，妳認為維持自己靈魂的狀態比服從上帝更重要？

那是同一回事，真的，歐娜沉穩地說。我相信我的靈魂，我的精華，我的無形能量，是上帝在我體內的具現，我讓靈魂找到平靜就是榮耀上帝。如果我能理解這些犯罪是怎麼發生的，我就能原諒那些人。當然我也幾乎能夠在某個距離之外憐憫那些人，愛他們。愛是良善，比報復好。

瑪莉許再次站起來。歐娜胡說八道，她怒斥。她說的一切荒謬至極，是褻瀆也是道德腐敗。

厭倦的葛瑞妲抬起頭，然後舉起雙臂，但是沒有剛才那麼高。照例，她懇請瑪莉許坐下。

艾嘉塔開口說：歐娜，妳的論點很好。妳提到在某個距離外這些事情當然都有可能：原諒、同情與愛。那符合我們門諾派信仰對我們的要求。所以，其實，為了達到妳所說的距離我們必須離開。或許我們可以稱之為觀點。一個新觀點，理性、諒解，**而且**慈愛又服從，同時又能維持我們的信仰。我們有義務離開。妳同意嗎？這個關鍵字是「觀點」，而我們保持一段距離才能擁有觀點？

歐娜說，不是反抗，而是繼續前進。隨時前進。絕不反抗。只有前進。永遠前進。她似乎陷入了某種恍惚。

瑪莉許叫歐娜別鬧了。

莎樂美說，妳才別鬧了，瑪莉許。

妳們都別鬧了專心點，梅嘉兒說。妳們瘋了嗎？她指向窗戶，與窗外快要下山的太陽。

葛瑞妲這時坐直身子，跟我們說了個關於她的愛馬，露絲和雪若的新故事。

有幾個婦女叫苦，但她不予理會。

以前，葛瑞妲說，她一向很怕走莫洛奇納和科提札之間的道路。路很窄，兩旁的陰溝很深。她學會把目光專注在前方遠處，沿著路，別看馬匹近處的路面之後，她才覺得安全。葛瑞妲說，在她學會之前，她的輕馬車會危險地左右搖晃與傾斜。露絲和雪若只是遵照她用韁繩下的指令，但以前她的指令很魯莽、急促、慌亂又危險。離開會讓我們有原諒所需的更遠大的觀點，就是適當地愛人、保持平靜、遵守我們的信仰。所以，我們離開並不是懦弱、拋棄、不服從或叛逆的行為。不是因為我們被逐出教會或放逐。這會是崇高信仰的行為。對上帝永恆的良善有信心。

那麼我們會拆散家庭這一點呢？瑪莉許問。讓我們的小孩離開他們的父親？

我們的義務是對上帝。（艾嘉塔）

正是——對我們的靈魂，這是上帝的具現。（歐娜）

歐娜，聽我說完。（艾嘉塔）我們的義務是保護祂創造的生物，就是我們自己和小孩，為我們的信仰作見證。我們的信仰要求我們絕對支持和平主義、愛和原諒。如果留下來，我們有喪失這些的風險。我們會跟性侵犯開戰，因為我們已經承認我們——呃，部分人——想要殺他們。如果我們留下，我們能提出的唯一原諒會是被迫而非真心的。離開，我們會較快達成信仰要求我們的那些事——和平主義、愛與原諒。我們也會教小孩子這些是我們的價值觀。離開後，我們會教小孩子他們必須追求上述這些價值，超越他們父親的期望。

瑪莉許堅稱，那不是褻瀆嗎？

其餘人沉默。

好吧，那我們離開，瑪莉許繼續說。然後，道德上呢？我們無懈可擊？我們根據上帝的旨意行動。但我們挨餓或害怕時會怎樣？

歐娜反駁，飢餓與恐懼是我們與動物共有的本能。恐懼飢餓和恐懼本身可以成為我們的指引嗎？

瑪莉許向歐娜皺眉。妳在胡說什麼？我們當然必須考慮飢餓和恐懼。

梅嘉兒舉起手。

葛瑞妲說，說吧。她看起來既疲憊又蒼白。

梅嘉兒巧妙地提起露絲和雪若。如果不是人類命令與韁繩壓力，那些馬會自己拓展牠們的視野，看向遠處的路面而非近處嗎？那些馬不靠人手指示，會了解怎樣不落入陰溝嗎？

妳問這個幹嘛？莎樂美插嘴。妳是在暗示如果我們服從天生的動物本能，憑恐懼、飢餓或害怕跌倒去行動，我們就能找到觀點獲得平靜嗎？

梅嘉兒打個哈欠。她說，我只是不小心把猜測說出來了。

但莎樂美不放棄這話題。如同歐娜所說，飢餓和恐懼確實是我們和動物共有的本能，而非為了更妥善評估狀況，讓我們建立觀點或距離的智慧。

不，瑪莉許說，那也不對。動物，即使是昆蟲，完全有自己的觀點。歐娜不是提過蜻蜓的長期計畫能力嗎？牠們若非早知道或憑本能了解那些牠們看不到的旅途終點只有後代看得到，怎能採取一個行動路徑？

莎樂美說，呃，我們不知道蜻蜓怎麼想，或牠們是否有思想。我不確定那是妳所謂的觀點。

瑪莉許問，為什麼不行？

莎樂美說，因為那可能不是正確的措辭。

瑪莉許問，那有什麼差別？

莎樂美說，差別可大了。

瑪莉許突然改變話題，轉身面對我。她問我剛才婦女們沉默時，我在寫什麼。

倘若我的職責是把大家說的話翻成英文記錄在紙上，我為什麼會動筆？

我（驚訝又尷尬地）回答我聽不懂她指的是什麼。

但瑪莉許不滿意。她說，剛才，你在寫字，但我們沒講話。所以你在寫什麼？

我回答：我寫了在合作社看過的一張照片，還有關於米開朗基羅繪畫的事。

瑪莉許點頭——是贊同？或譴責？（唉，是譴責。）

家庭遺傳啊，她說。

梅嘉兒問我：什麼照片？

我不知道該如何回答。

歐娜再度開口救了我。她說，她碰巧想到，除了離開、留下來反抗和什麼也不做之外，婦女們可以考慮另一個選項。

瑪莉許提醒她，時候很晚來不及加入另一個選項。葛瑞妲揮手駁斥這句話，示意歐娜開口。

歐娜說，我們可以要求男人們離開。

瑪莉許問，開玩笑吧？

莎樂美意外地附和瑪莉許。她問，妳瘋了嗎，歐娜？

歐娜說，或許我們都瘋了。

我們當然都瘋了，梅嘉兒說。我們怎能不發瘋？

（稍後我想回來討論這句話，但現在我必須跟上。）

艾嘉塔不理會瘋狂論，回到歐娜原本的問題：我們要求男人離開？妳是指強暴犯和支持他們回來的長老嗎？

歐娜說，沒錯，還有彼得斯。

葛瑞姐舉起手臂。行不通，她說。想像一下男人被要求離開社區的反應吧。要跟他們說什麼理由？

我們討論過的一切，歐娜說。為了維護信仰的完整，我們必須堅持和平主義、愛與原諒。靠近這些男人會讓我們硬起心腸，產生仇恨與暴力的情緒。如果我們要繼續（或恢復）當個門諾派好信徒，我們必須隔離男女，直到我們發現（或重新發現）我們的公義之路。

可是，瑪莉許說，如果沒有女性留在社區裡供練習用，怎麼能指望莫洛奇納的男性重新學習他們的習慣和對待女性的方式！她接著說，一離開，我們就消滅了重新教育我們的男性的可能性。那很不負責任。

歐娜暫停。她用雙手比個圓形，彷彿容納整個宇宙。

她說，瑪莉許，有趣的是，妳提出了真正有關係的論點。

瑪莉許說，請別趁機暗示我的其他論點不有趣。

歐娜大笑。她說，我不是那個意思。

莎樂美插嘴。我們的責任不是教育莫洛奇納的男人，她說。讓奧古斯特去做。

（！）

梅嘉兒反駁，但或許那是我們的責任。尤其是那些男孩是我們的兒子，如果他們的父親沒能力自己完成這個任務。

葛瑞妲說：別跟我說，我們考慮留下來是為了教導莫洛奇納的男性怎麼表現得像個人！我們要叫他們坐教室嗎？

艾嘉塔（又把手按住胸口）安撫眾人。她說，不是，不是，不是。

歐娜低聲說，不是**坐**教室，是**進**教室。

莎樂美大笑。我們把綁帶拿出來，她說，叫他們戴上傻瓜帽。

歐娜反對：不行，莎樂美。那樣違背教他們非暴力的目標。

梅嘉兒問：傻瓜帽是什麼？

（私人筆記，我提心吊膽，希望歐娜別又提起瑪莉許的兒子朱利亞斯的話題，還有如果他沒受不同教育可能變成強暴犯的風險。瑪莉許對歐娜的怒氣這時像個點火器，也像炸藥。）

葛瑞妲愁眉苦臉把手慢慢移到臉前面。不好意思，她告訴眾人，不過我想我可能快死了。

幾名婦女警覺地從座位站起來。

瑪莉許直視著葛瑞妲的眼睛。然後大笑。她摘下葛瑞妲的眼鏡，叫其他婦女來看。媽，她說，妳不是快死了。妳的眼鏡需要擦乾淨。

葛瑞妲如釋重負笑了，感嘆她以為生命之燈要熄滅了。

艾嘉塔不以為然。她說，那會改變妳的觀點！

婦女們笑個不停。艾嘉塔喘不過氣來。幼兒（梅普和朱利亞斯）被噪音嚇到，跑回他們母親的腿上。他們原本在玩，用稻草和糞肥建造有牲畜的穀倉模型。

太陽快下山了，歐娜提醒我們，我們的光線不足。我們最好點亮煤油燈。

但是妳的問題呢？葛瑞妲問。我們該考慮叫男人離開嗎？

我們沒人要求過男人做任何事，艾嘉塔說。一次也沒有，即使是遞鹽、要零錢、獨處一會兒、把洗好的衣服拿進屋裡、拉開窗簾、善待幼馬，或當我嘗試第十二或第十三次把嬰兒擠出體外時，把手放在我背後。

她說，女人對男人唯一的要求是離開我們，很有趣吧？

婦女們再次哄堂大笑。

她們笑得停不下來，如果有人暫停片刻，笑聲也會迅速變大，然後大家又笑了起來。

艾嘉塔終於說，那不算是選項。

不算，其他人附和（終於全體一致了！）。要求男人離開不算選項。

葛瑞妲叫大家想像她的愛馬露絲和雪若（一提到馬兒的名字，艾嘉塔就氣憤地大叫）要求主人讓牠們一整天在田野上吃草，什麼也不做。

艾嘉塔補充，想像我養的母雞在我進去收雞蛋時叫我轉身滾蛋。

歐娜拜託眾人別再逗她笑了，她怕她會動了胎氣早產。

她們聽了笑得更大聲！她們甚至覺得我在這陣混亂中繼續寫字超好笑的。歐娜的笑聲是自然界最好聽、最優美的聲音，充滿呼吸與希望，也是唯一她釋出到世界而沒想要收回的聲音。

艾嘉塔拍拍我的背。她又揉眼睛，發出聲響，但這次我看得出她眼中充滿歡笑的眼淚。

她說，你一定認為我們都是瘋子吧。

我堅稱我沒有，我怎麼想也不重要。

歐娜勉強停止發笑。她問，你真的認為你怎麼想不重要嗎？

我臉紅。抓抓自己的頭。

她繼續說：如果你的整個人生怎麼想都不重要，你做何感想？

但我不是來思考的，我回答，我是來幫妳們做會議紀錄的。

歐娜不理會我的話。她說，但是如果你的一生，你真的覺得你怎麼想不重要，你會做何感想？

我微笑咕噥著說上帝的旨意就是我的目標。

歐娜微笑回應（！）。可是如果不思考，我們怎麼判斷上帝的旨意呢？

我又臉紅地搖頭，抗拒把頭抓成碎片的衝動。

莎樂美插嘴：很簡單，歐娜，彼得斯會替我們解讀！

婦女們又哄堂大笑起來。

我也笑了。我把筆放下。

笑聲逐漸退去。我不知道該看哪裡，手足無措。我把筆和筆記簿排成正確的角度。

歐娜告訴眾人她的肚子很癢，她怕她的肚皮再撐開就要破掉了。婦女們又笑成一團，艾嘉塔差點從牛奶桶上跌下來。

我暫停寫字，把手放在她肩上一會兒。至少一隻手有事可做，真是如釋重負，即使一下子也好。

婦女們紛紛建議歐娜必須抹豬油、抹葵花油、曬太陽、塗黏土或禱告。但歐娜想起另一件事。她問，萬一被囚禁的那些男人無罪呢？

可是，莉索．紐史塔特逮到了其中一個，奈婕說。不是嗎？

確實，莎樂美說，她逮到了。但只有一人。格哈德．許倫伯格。他供出了他的共犯。

歐娜問，萬一他說謊呢？

葛瑞妲問，他幹嘛說謊？

艾嘉塔勸告葛瑞妲：妳是在問對於侵犯睡夢中的小孩毫無悔意的人為什麼也會說謊？這樣問不合理。

莎樂美說，呃，這很合理，但可能有修辭問題。格哈德點名的那些人也是早上下田工作遲到，而且看起來很累、有黑眼圈的人。

那只是道聽塗說、臆測，歐娜說。只因為早上工作遲到掛著黑眼圈，並不代表前一晚熬夜溜進民宅侵犯婦女。

莎樂美說（瑪莉許嘆氣，彷彿在說，莎樂美又要唱反調了），但重點是我們女人是否離開莫洛奇納都沒差別。我們知道自己被男人攻擊了，至少其中一個是格哈德，可能還有其他人，不是什麼鬼魂、惡魔或撒旦。我們知道被性侵不是我們的幻想。我們也不是因為不潔的思想與行為被上帝懲罰。

瑪莉許插嘴：但是我們一定都有不潔的思想，不是嗎？

其他婦女點頭：當然啦。

莎樂美不理瑪莉許繼續說。我們知道我們之中有人渾身瘀痕、感染性病、懷孕、受驚嚇、發瘋，還有人死掉了。我們知道我們必須保護自己的小孩。我們知道如果繼續發生性侵會威脅到我們的信仰，因為我們會憤怒、想殺人又不願原諒。無論有罪的人是誰！

艾嘉塔說，好吧，莎樂美，謝謝妳，請坐。她拉扯莎樂美的袖子。

艾嘉塔接著說，我想補充，我們也已經決定我們希望有時間和空間思考——

莎樂美插嘴，她說：還有，我們想要也需要自己獨立思考的權利被承認。

梅嘉兒說，或者，只要思考。就這樣。無論男人承不承認。

艾嘉塔說，對，這也是離開莫洛奇納的另一個理由，但是跟犯人或性侵事件沒有直接關係。

歐娜說，但絕對有間接關係。

這時冷靜下來的莎樂美補充說：所以我們又回到了離開的三個理由，三者都很紮實。我們希望孩子們安全。我們希望維持信仰。我們也希望思考。

艾嘉塔在夾板桌面上攤開手指，彷彿要建立一個新基礎。她問，我們繼續吧？

瑪莉許說，可是，如果監獄裡的男人有些可能是無辜的，我們身為莫洛奇納的成員，不是應該協力確保他們的自由嗎？

莎樂美大怒。我們不是莫洛奇納的**成員**！

其他婦女嚇了一跳，連太陽都躲到雲朵後面去了。

她說，葛瑞妲，妳親愛的露絲和雪若是莫洛奇納的成員嗎？

不，不是成員，葛瑞妲說，只是——

莎樂美插嘴。我們不是**成員**！她複述。我們是莫洛奇納的**女人**。整個莫洛奇納社區建立在家長制的基礎上（翻譯者說明：莎樂美沒用「家長制」這個字——是我用來代替莎樂美典故不明的咒罵，大略意思是「透過花朵講話」），婦女宛如啞巴、恭順與服從的僕人過生活。好像牲畜。十四歲的男孩就可以命令我們，決定我們的命運，投票把我們逐出教會，在我們自己嬰孩的葬禮上說話而我們只能沉默，替我們解讀聖經，帶領我們禱告，還有懲罰我們！我們不是**成員**，瑪莉許，我們是商品。（又是關於「商品」字眼的譯註：情況類似上一個。）

莎樂美繼續說：當我們的男人壓榨我們，讓我們三十歲看起來像六十歲，子宮差點從體內掉出來垂到乾淨潔白的廚房地板上，吃飽之後，他們又找上我們的女兒。如果事後他們可以在拍賣會把我們都賣掉，他們會的。

艾嘉塔和葛瑞妲互瞄一眼。葛瑞妲閉上眼睛，一手放在臉頰上，風濕腫脹的關節活像都鐸時代國王的戒指。

艾嘉塔說，不過，瑪莉許提出一個好論點。如果他們被誣賴了，即使身為莫洛奇納的女人，我們不是應該團結一致保護被冤枉的男人的自由嗎？

莎樂美怒吼一聲。

歐娜趕緊介入說，這又引發另一個問題。她說，監獄裡的男人有可能並未犯性侵罪。但他們沒有阻止性侵也有罪吧？他們知道發生性侵卻袖手旁觀也有罪吧？

瑪莉許說，我們怎麼知道他們哪些事情有罪無罪？

我們知道，歐娜說。我們知道莫洛奇納的環境是男人創造的，讓這些性侵可能會發生，甚至犯罪的概念，犯行的策畫，男人心目中對犯行的合理化，都因為莫洛奇納的環境。那些環境是男人、長老們和彼得斯創設與規定的。

艾嘉塔點頭。對，她說，我們知道。

（奧潔和奈婕互看一眼。我猜想這對她們是新觀念，但如果表示能繼續前進，如果表示少說廢話多點行動，她們已經準備好接受了。）

艾嘉塔接著說：但我們還是有時間問題。剩餘時間不多了。遷移行動有些方面以我們有限的時間無法解決。我們必須暫時擱置，改天再回來討論。監獄裡的男人有罪無罪現在不得而知，可能永遠不清楚，他們有罪無罪也不該是我們作去留決定的依據。我們以上帝教導的愛、和平和滋養靈魂為基礎，確立了離開的三個理由，獄中男人是否清白跟這些理由沒有直接的關聯。這我們都同意吧？

婦女們陷入沉思。有人肯定地點頭（莎樂美、梅嘉兒和奧潔），但也有人或許迷失在思緒、懷疑和疑問中。（我要在此釐清：獄中的男人都是婦女們認識的親戚。）

怎麼樣？艾嘉塔問。半數人同意。其他人呢？這畢竟是民主制度。

奧潔問，什麼制度？

又有三個婦女點頭贊同：對，他們離開的理由跟獄中男人有沒有罪不相干。只剩瑪莉許還沒回應。

莎樂美說，好了，八個人有七個贊成，夠了，這個議題結束。

瑪莉許說，等等，妳們不是暗示過犯人跟被侵犯者同樣都是受害者嗎？我們所有人不論男女，都是被莫洛奇納這個**情境**創造的受害者？

艾嘉塔沉默半晌。然後她說，從某個角度說，是啊。

瑪莉許說，所以，即使法院判他們有罪或無罪，他們終究是無辜的？

歐娜說，對，我會這麼認為。彼得斯說這些人邪惡，是罪犯，但那不是真的。因為彼得斯和長老們，還有莫洛奇納的創立者追求權力，才造成這些性侵案，因為追求權力的過程中，他們需要行使權力的對象，那些人就是我們。他們教導莫洛奇納的男孩和男人關於權力的課程，在這方面，莫洛奇納的男人都是好學生。

梅嘉兒說，可是，我們不都想要某種權力嗎？她不斷點火柴，因為火柴在她拿到香菸末端時老是熄滅。她很有耐性。

歐娜說，對，我想沒錯。但我不確定。

瑪莉許諷刺地說，喔，權力也是妳不相信的另一個東西？除了權威和愛以外？

我沒說過我不相信愛，歐娜解釋說。只是我不確定具體上那是什麼意思。無論如何，剛才我說的是我不相信妳們說愛帶來的安全感。

妳永遠不會懂安全感，瑪莉許回嘴。因為妳精神崩潰。

這倒沒錯，歐娜說。她似乎很冷靜，深思熟慮過。她又說，在某方面，這也是解脫。

艾嘉塔又不耐煩了。歐娜，她說，愛這個議題可以改天再說。

歐娜說，還有安全感？

葛瑞妲插嘴：這不是一貫的主題嗎？

艾嘉塔問，什麼一貫的主題？

葛瑞妲說，愛。

瑪莉許說，一貫與永恆的主題怎麼可能也是不可知的主題——至少歐娜是這麼說的？

（聞言，雖然這是題外話，我想起哲學家蒙田的名言：「人類總是最堅定地相信自己最不了解的事物。」這句話的刺繡圖被裱框掛在監獄的餐廳好一陣子。我不曉得為什麼。）

梅嘉兒終於成功點燃了香菸。她說，喔，因此才變得永恆啊，瑪莉許。不斷持續。她在每個字之間吐出一小團煙霧。我們了解一個事物之後就不再思考它了，不是嗎？

太荒謬了，莎樂美說。知識是流動的，它會變化，事實會變化，變成非事實。

奈婕和奧潔聽了笑出來，可能是緊張或疲倦。她們趕緊道歉。

可是說真的，莎樂美說。妳的意思是妳覺得自己「了解」事物之後就會停止思考它嗎？妳瘋了嗎？

梅嘉兒又吐煙。她冷靜地叫莎樂美滾一邊去。

葛瑞妲大喊，安靜！

莎樂美不甩葛瑞妲。她開始長篇大論，說她根本不相信永恆，沒有什麼是永恆的。她說，其實，我已經不相信我能永生了。她的口氣叛逆，像挑戰，但是沒人上當。

（脈絡說明：幾年前，科提札傳來一個謠言。前任主教躺在家裡臨終時，有代理主教來到科提札教堂佈道，長老們來不及從自己社區裡推選出新主教。這個代理主教來自北美洲某地，他老婆沒有綁束髮帶。據說他告訴民眾他不相信有實體上的天堂與地獄存在。某些信徒不敢置信又警覺，把他趕出社區。但這個代理主教臨走前挑戰他們。他告訴大家他不僅不相信有天堂與地獄，還深信群眾們也不相信，至少不是真心的。他要求群眾舉手：今天這裡有誰的叛逆子女沒有得救，已經離開社區或宣稱自己不是信徒？有幾個人舉手。代理主教接著又問這些舉手的人。如果你愛你的小孩，你相信他們死後真的會永遠在地獄被烈火焚身，你怎麼能如此冷靜地坐在這裡？你怎麼能回家享用妻子準備的乳酪餃子和蔬菜午餐，然後躺到溫暖的床上蓋著羽毛被輕鬆地睡午覺（*maddachschlop*）──明知你的小孩不久就要永遠焚燒，痛苦地慘叫，遭受永恆之痛？如果你真的相信這檔事，你不會盡全力讓他們懺悔，接納耶穌基督進入他們心中，獲得原諒嗎？你不會跑遍全世界找到這些不聽話的孩子，主動離開或被迫離開社區的，在比喻的沙漠中流浪的，你認為是罪人的，但仍然是你的孩子，你的骨肉，你珍貴的寶貝嗎？

最後代理主教被噓閉嘴，強迫離開社區。民眾都同意完全沒有教會還好過這個褻瀆的人渣。但從此以後，天堂與地獄不存在的觀念不只影響了科提札，還有莫洛奇納的某些門諾派，經常被用作挑釁的工具。

我不知道彼得斯對於珍貴的寶貝、永恆、還有離經叛道的牧師做何感想。）

艾嘉塔冷靜地說，嗯，如果妳不相信永生，那我們真的得趕快了。妳一定同意時間不多了？

歐娜說她想再說一些關於權力的話。莫洛奇納的主教與長老們緊抓對平民男女的權力，她說。平民男性也緊抓對莫洛奇納女性的權力。莫洛奇納的女性緊抓對什麼的權力呢……歐娜暫停。眾人鴉雀無聲。

歐娜說，除了我們的靈魂，什麼也沒有。

瑪莉許說，那可是褻瀆喔，如果我們的靈魂照妳所說是上帝的具現，我們不可能對上帝有權力。還有，她說，權力慾是從哪裡來的？這不是很正常嗎？連骯髒豬舍裡的豬群都有吃飯的順序。

歐娜說，但是，我們不是豬。我們不能跟豬不同嗎？妳相信我們從動物演化而來，還是照上帝的形象創造的？

歐娜，艾嘉塔溫柔地說。這個問題挺荒謬的。妳明知道答案。

（備註：我自己不太確定艾嘉塔怎麼想，不過我假設她指的是後者，女人是照上帝的形象創造的。）

歐娜繼續說。一種較有可能，肯定也比較容易懂，但另一種很美好，充滿希望，妳說對吧？

（奧潔和奈婕互看一眼，對眼前狀況跟我一樣困惑。她們的眼神說，歐娜是什麼意思？）

歐娜說，我的意思是，如果我們是以上帝的形象創造，讓我們有靈魂的**空間**，讓我們有靈性為祂服務。我們擁有的權力就是服從我們靈魂的力量。

瑪莉許開口：我猜如果妳拋開人生中所有務實考量，存在純粹為了滿足自己瘋狂的——

這時莎樂美插嘴。她說，奧古斯特，你說呢？上帝的形象或是動物？

動物？我問道。妳是指像是——

歐娜笑了起來，又救了我一次。

莎樂美說明。對！你認為你是以上帝的形象創造，或是從動物演化來的？

莎樂美，無論哪種我們都可以有靈魂。歐娜說。

我在問奧古斯特，回答就是了。莎樂美說。

艾嘉塔說，不，現在不行。我們能確定的一點就是時間存在，不是嗎？因為它會消失。不存在的東西不會消失。沒有它，我們就慘了。

奈婕問，但是天堂又怎麼說？

沒人理會她的問題，因為有人爬梯子上了閣樓。是格蘭特。照我們在莫洛奇納的說法是他很「單純」（不過當我寫下這個字都察覺出其中的反諷）。他在隨機背誦數字，因為他喜歡數字，但是討厭別人把它排成可辨識的公式。他也在「駕駛」他的車。莫洛奇納禁用汽車（連輕馬車的輪子都不准包橡膠，因為橡膠能讓輪子轉得更快，讓人更快逃向外界），但格蘭特獲准在社區裡假裝雙手握著方向盤「開車」，還有用無法分辨的模式背誦數字。

我們跟格蘭特打招呼。他說他父親就是不肯死，他不能再吃白麵粉做的麵包了，必須開槍打死他。（在此案例，死亡是獎賞，憐憫的選擇。格蘭特是在表達焦慮，他父親痛苦地臥病在床很多年了，他希望快死，長眠主懷。他要求過別人打死他，但是沒人肯動手。）可是格蘭特的父親幾年前就死了，格蘭特跟著艾嘉塔，或當她厭煩他喋喋不休、背數字和唱歌時，跟社區的其他婦女一起住。（如果婦女們要離開，他會是跟著走的男人之一。）

格蘭特說，六，十九，十四，一。

艾嘉塔說，好啦格蘭特。那都是好數字。謝謝。你想要安靜地跟我們在閣樓坐一下嗎？

格蘭特想唱歌給我們聽。他下車唱了一首關於苦難的聖歌，然後靜止。

他唱完後我們謝謝他，他叫我們別客氣。他回到他的車上在閣樓開來開去，按了一兩次喇叭，然後離開，一面唸著十二，十二，十二……

奧潔大聲說，十三！——其餘婦女都噓她。

六月六日

奧古斯特・艾普，兩次會議間隔之夜

發生了一個事件。婦女和孩子都離開了閣樓。剩我在這裡，盡快完成今天的這些紀錄。

青少女奧潔和奈婕最先離開，去查看新生的小牛。接著，在其餘婦女聊天談笑時，奧潔和奈婕回到閣樓，瑪莉許的丈夫克拉斯也跟來了。

他們爬上梯子時，奧潔大聲說，爸爸回家了！她盡力擠出喜悅的語氣。她爬得很慢，克拉斯被迫跟在她下方的梯子上。

他們出現後，奧潔和奈婕顯得很緊張又懊惱。顯然她們別無選擇只能帶克拉斯來找婦女們。

奧潔的宣言是個警告，給我足夠的時間把紙筆藏到桌底下。歐娜也從牆上撕下寫了各種選項優缺點的起司包裝紙，把這些紙塞到夾板桌下。

克拉斯終於出現後，想知道婦女們為何聚集在乾草閣樓裡。

瑪莉許設法跟他講話安撫他。她說，我們在縫被子。

克拉斯看著我大笑。她們也在教你縫被子嗎？他問道。看他在田裡那麼笨拙，奧古斯特終於可以學到有用的技能了。

婦女們緊張地陪笑。

是啊，我配合著說。我想學習怎麼用針線縫東西，以後我的學生如果玩耍意外受傷才能幫他們縫合。

克拉斯複誦「學生」這個字，又笑了起來。他嗅了嗅空氣，問我是否不懂乾草閣樓裡不能抽菸。

梅嘉兒張嘴想說話。但她來不及出聲，我大聲向克拉斯道歉。不會再有人抽菸了，我向他保證。

奧古斯特在學縫紉呢，他憋笑說。他問我是否確定知道雙腿之間是什麼東西。

我說，喔，很確定。（邊微笑邊撓頭。）

嗯，克拉斯說，我可不確定。或許我們該來看看。

瑪莉許說，克拉斯，在朱利亞斯和梅普面前別說這種話，他的心情迅速改變。

克拉斯生氣了，猜測他老婆為何在這裡，內蒂（馬文）・葛布蘭特為何在照顧其他小孩，他的簡易午餐又在哪裡。他講話時只看著我一個人。他說——因為我是男人，至少是半個男人，勉強算是能夠接受這種商業消息——他和安東和雅克柏從城裡回來要帶更多牲畜去賣掉籌措保釋金。

法官在等候，他說。誰有合作社的鑰匙？

我說，我不曉得。（但**其實**我知道誰有鑰匙。就掛在負責管理合作社的以撒・羅溫的馬具室裡，我默默請求上帝原諒我。如果不行，就當場讓我死了吧。）

幼馬在哪裡？克拉斯問。為什麼不在穀倉裡？

我說，我不知道。（同樣地，其實我知道。奧潔和奈婕把幼馬放到田野了，牠們在索岡溪的下游吃草。我再次乞求原諒或死去。既然我看起來還活著，我可以假設是被原諒了吧？）

奧潔和奈婕站在克拉斯背後，用手勢暗示其他婦女，她們把幼馬放出去吃草。

克拉斯的岳母葛瑞妲插嘴。她告訴克拉斯，很多馬匹生病了，克拉斯進城時科提札的獸醫來看過，建議隔離馬匹兩週以免疾病蔓延。

克拉斯不理她。他向我說，彼得斯指示我至少帶十二匹馬去拍賣。

是，葛瑞妲說，但是病馬賣不掉。你把病馬帶進拍賣場還會被罰錢。

去找幼馬，他命令兩個小姑娘，牠們太小還不會生病。找到之後把牠們栓好。

奧潔和奈婕再次爬下梯子。

我在恩尼斯特．席森的農場看到妳的馬在庭院裡，克拉斯說。牠們看起來很健康，眼睛清澈，毛皮有光澤。

葛瑞妲點頭。對，她說，因為牠們已經過了罹患其他馬匹疾病的年紀了。

克拉斯說，呸，才怪。即使他剛提到幼馬還小不會生病，他也不相信年齡的解釋。他吐口水。接著他直接對葛瑞妲說。你們為什麼都在恩尼斯特．席森的閣樓？

葛瑞妲說：我們必須來探望恩尼斯特，送糧食給他。我們決定來閣樓這裡縫被子，因為這樣我們才能定時去看他。我們知道他不會介意，我們也需要額外空間。

克拉斯問，恩尼斯特癡呆到不曉得一群聒噪的長舌婦在他的閣樓裡縫被子？

葛瑞妲點頭。

克拉斯問，那麼被子在哪裡？

我們剛完成，艾嘉塔說。庫普兄弟幫忙送去合作社了。

我在閣樓沒看到縫被用桌子，或任何布料雜物的證據，克拉斯平靜地說。我也沒在莫洛奇納和合作社之間的路上看見庫普兄弟或他們的馬。

我們已經整理過，正要回家去做午飯，艾嘉塔解釋。你不餓嗎？

葛瑞妲大聲說庫普兄弟有說過他們會走替代路線，穿過休耕田地。

而且真正的縫被室現在當作儲藏室用，歐娜說。現在是苦櫻桃產季。苦櫻桃醬配新鮮的烤麵包片很好吃。

克拉斯不願看著歐娜或承認她說的任何話。對他來說歐娜是幽靈，或更低賤，因為她精神崩潰、老處女又被搞大肚子。我發現當幽靈挺適合歐娜的。

克拉斯說，我經過合作社時門是鎖住的，而且沒人在。

莎樂美說，所以庫普兄弟還沒到。
克拉斯問，庫普兄弟有鑰匙嗎？
莎樂美說，我哪知道？
我需要鑰匙進去合作社從保險箱拿錢進城給彼得斯。
莎樂美說，那麼，彼得斯早該告訴你鑰匙在哪裡。
克拉斯尖銳地說，閉嘴。
他看著我。他說，奈婕告訴我女人們去了科提札照顧難產的姊妹。
本來想去，莎樂美說。但是有困難。我們只好回來。
克拉斯一直盯著我。妳的責任是顧好莫洛奇納，他告知莎樂美。
莎樂美說，我很清楚我的責任是什麼。
克拉斯又說，我不是在跟妳說話。閉嘴。
但是你一直在跟我說話。你剛說了我的責任是什麼，不是嗎？
克拉斯的注意力又轉向葛瑞妲。他說，妳的馬，我要帶走。

露絲和雪若？葛瑞妲說。不，不可以！

克拉斯說他別無選擇只能帶走露絲和雪若。他告訴婦女們大家該去擠牛奶了，然後回家去照顧孩子與做飯。

可是牠們老了，葛瑞妲說。沒有馬我怎麼辦？

克拉斯回答，妳就待在家裡吧。

他叫朱利亞斯跟他離開閣樓回家。他也叫瑪莉許找內蒂／馬文送回他們的其他小孩。（克拉斯和瑪莉許有很多小孩，只是我不確定到底有幾個。他們都被太陽曬成白頭髮，所以黃昏他們在庭院裡跑來跑去時，好像螢火蟲或蒲公英的白色種子穗隨風飄浮。）

莎樂美最後離開閣樓。她跟梅普逗留了一陣子，欣賞梅普用糞肥建造的帝國，其他婦女爬下梯子，從閣樓回到她們的世俗生活。

歐娜必須幫艾嘉塔把腳踩在梯級上，因為水腫的副作用，她的腳已經沒知覺了。歐娜幫忙時，艾嘉塔笑著親吻歐娜的頭頂。歐娜說，注意慢慢呼吸。她提醒艾嘉塔在使勁的時候有憋氣的習慣，然後動作很快，太快了，直到動作完成她才能再度呼吸。

艾嘉塔又笑了。

爬梯子的時候別笑，歐娜警告。專心點。（我想要告訴歐娜，艾嘉塔使勁時的呼吸方式讓我想起氣球，通常為了防止漏氣得捏緊球口，而一鬆手空氣便會迅速響亮地竄出。但這些婦女都沒看過氣球。或許她們看過莫洛奇納的小孩趁彼得斯離開社區，可以放心玩耍時，用充氣的豬膀胱當球玩。時機已經錯過了。）

艾嘉塔終於成功爬下梯子，我聽到她大聲交代婦女們明早得早點開始縫下一條被子，擠完牛奶馬上來。

我也聽到瑪莉許問克拉斯幹嘛給朱利亞斯那麼多櫻桃，多到他現在吃得肚子痛。克拉斯大笑。然後他抬頭呼叫莎樂美，叫她快一點。

莎樂美低頭喊回去，喔，你在跟我說話？她的動作很慢，像冰河流動。

我提議幫莎樂美抱梅普下梯子，但她拒絕。當時我們在閣樓短暫地獨處。我利用機會告訴她合作社鑰匙在以撒・羅溫的馬具室裡，藍色鹽塊上方的釘子上。

請原諒我說謊，我說。

她皺眉。

我問她是否知道怎麼看星象辨認方向，她是否知道怎麼找到南十字星。

她微笑著搖搖頭。

現在是晚餐時間，我跟她說。趁社區的男女們都在自己家裡，我可以帶著鑰匙去合作社接觸到保險箱。我不曉得開啟密碼，但我可以把整個保險箱藏起來。我說，假設她們要離開，婦女們可以在離開莫洛奇納時帶走，在別的地方找別人幫她們打開。

又或許，我說，班哲明可以給我一根炸藥，他用來嚇走索岡溪裡鱷魚的那種。妳們可以把保險箱炸開。

莎樂美低聲說，查出密碼不是比較輕鬆嗎？

我懇求她別這麼做。我也再次請她原諒我，然後趕快回去幹活免得引人起疑。

這時莎樂美叫了我的名字。

奧古斯特，她說，那些錢本來就是我們的。沒什麼好原諒的。

她抱著梅普爬下梯子，迅速離開了穀倉。

‡

稍後我在我家附近的泥土小路上遇到歐娜。月光很明亮。因為歐娜稍早提過現在是苦櫻桃產季，我出去撿苦櫻桃充當宵夜，上衣正面滴到櫻桃汁。我回家換衣服，拿著髒衣服走到洗衣場去丟到過夜收集桶。我離開洗衣場時，聽到女性聲音叫我的名字。又一個。一天內兩個不同女性叫我的名字。這讓我內心百感交集。

第二次就是歐娜。她坐在洗衣場的低矮屋頂上看星星。

她說，奧古斯特！

我抬起頭。

過來陪我坐坐。

我爬上一個水桶，坐到她身旁，在夜裡。我們兩人。我膝蓋在發抖。

她問我為什麼會在洗衣場，我告訴她。接著我們沉默不語。

最後，我問歐娜，**她**認不認得南十字星。我指向明亮星空的那個星座。

當然，她說。她笑了。

我說她和婦女們可以利用通稱十字架的南十字星來辨認方向。

如果妳這樣握起右拳，我說。我牽起她的手握成拳頭，把它往上舉向星座。她手臂很僵硬，拳頭緊握，好像自由鬥士之類的。

我說，現在把妳的關節對準十字架的軸。我抓著她的手，她的拳頭。我感到上帝的莊嚴，內心充滿感激。我的腸胃翻攪。

上帝回應了我的禱告。

看好，我說，妳的拇指末端，這邊，會指向南方。

歐娜微笑點頭，拍拍手。

我問她，妳可以教給其他人嗎？

當然！她又說。我們會開個導航課。

歐娜，我說。

她看著我，仍然面露微笑。

妳已經知道這個小招式了？

她笑著點頭，說她當然知道。

我也羞怯地微笑。我說我真希望能教她一些她還不知道的東西。

有啊，她說。告訴我你為什麼坐牢。

我偷了一匹馬，我說。

歐娜嚴肅地點頭，彷彿她早就猜到了。

接著我向她解釋始末。在倫敦，父親失蹤母親去世之後，我沒地方可住。我在大學裡上歷史課，還患有精神崩潰。我輟學（十八世紀啟蒙運動）加入泰晤士河邊汪茲沃斯地區占據石像碼頭附近無主地的一群無政府主義者、藝術家和音樂家。

（我就在那邊喜歡上了鴨子，只是忘了隱瞞這件可笑的事——尤其是在監獄裡。）

在獄中談到兩棲鳥類，即使最瑣碎的細節，都可能被痛毆一頓，我告訴歐娜，她同意我最好不要說出來。

她說，但是當你深愛某種事物，很難保密，不是嗎？

我咕噥說，是啊。我偷瞄她，然後望著南十字星，再看我的膝蓋。

在汪茲沃斯其實挺好的，我繼續說。我們集體過著簡樸生活。我用我們從為了蓋高速公路必須拆除的老屋收集來的材料，蓋了幾棟房子。我們在我們的生態村辦音樂會，我們有花園，我們盡力和平相處。我們有幾百個人，某天我們跑去海德公園抗議一項已經通過的法案。那個刑事審判法案允許國家對像我們這樣「反社會」行為施加更重的懲罰。禁止喧鬧、採集物資、甚至某些「特徵是發出一連串重複節奏」的音樂。我告訴歐娜這事時在空中畫出想像的引號。我用了我以為的權威語氣英國腔講述。

歐娜大笑。她問，那是什麼音樂？

電子舞曲，我說。妳知道什麼是電子舞曲嗎？

不知道。

用電子樂器演奏用來跳舞的音樂。

她說，但是你偷了一匹馬？

對，在海德公園的抗議活動中。那是警察騎的馬。警察強迫他的馬撞擊抗議者。我告訴歐娜有些抗議人士把警察拉下馬——事後我們聽說現場有五萬多人——沒人騎的馬恐慌地抬起前腳，跺腳，在人群中亂跳。我跳上馬背把牠騎走，避開群眾，騎到人群和其他警察後方的噴泉池塘讓馬喝點水冷靜下來。我用我希望是安撫的語氣跟馬兒講話。沒人注意我或那匹馬。最後，我騎著馬一路回到汪茲沃斯把牠養在那兒當朋友。我們所有人的朋友。

我說，其實，我還把牠命名弗林特。（低地德語的「朋友」之意。）

弗林特也幫我們做一些工作，因為每個人都必須幫忙。牠有時候載木頭，或其他物資。牠特別訓練有素又健康。

歐娜坐在漆黑的洗衣場屋頂上乾笑。她問，但是你被抓了？

對，我說。後來我因為偷竊弗林特被逮捕。偷走警用的東西，那是重罪。

所以你入獄了，她說。在那裡承認你喜歡鴨子也是重罪。

對，我說。在汪茲沃斯監獄。

歐娜問，在監獄裡很難過嗎？

是啊，我說。我沒有訪客。其他佔地者，我的朋友們，都從那塊土地被趕走，他們搬走了，而且我再也沒看過弗林特。

歐娜問，你有挨打嗎？

天天都有，我說。

歐娜問，你失去信仰了嗎？

很多次，我說。我想要殺掉幾個獄友，還有大多數警衛。

歐娜問，你害怕嗎？

一直很怕，我說，一直。

六月七日

婦女會議紀錄

現在時候尚早，天色還很暗。我在屋頂上跟歐娜談話之後沒睡覺。我點了盞煤油燈才看得見自己寫了什麼。

牛奶擠好了，除了瑪莉許和奧潔，所有婦女都在閣樓上。葛瑞妲在踱步，不時走到窗邊眺望黑暗。她的平衡感不好。她近幾個月跌倒過幾次，曾經跌斷肋骨和鎖骨。梅嘉兒叫她走台階時專心把腳抬高一點，不要拖腳步以免跌倒，但是葛瑞妲很疲累，身體沉重，而且幾乎全身到處都痛。

艾嘉塔把她的腳放在歐娜的大腿上，歐娜幫她揉腳，幫助血液循環。歐娜低聲唱〈古舊十架〉，儘管艾嘉塔呼吸困難，還是有一搭沒一搭地陪她唱。莎樂美（梅普不在，莎樂美的其他小孩也不在）心不在焉地幫奈婕綁辮子，拉得太緊讓奈婕頻頻求饒。

妳快把我弄瞎了，她向她的母親／阿姨說。

莎樂美反覆問奈婕：妳有告訴其他人我們要開會嗎？

奈婕確認她有。

莎樂美咕噥一聲，問那些人聽到奈婕傳話有什麼反應。

奈婕說，大多數婦女同意今晚飯後到幼馬馬廄會合。

莎樂美問，其餘的人呢？

其餘的人沒說什麼，奈婕說。有的人不想聽。有的人走掉。貝提娜．克魯格忙著揮走空中想像的蟲子。

梅嘉兒插嘴。別擔心，她告訴莎樂美。主張什麼也不做的婦女的男人們跟彼得斯還在城裡，她們沒辦法通知丈夫我們的計畫。

萬一克拉斯發現了呢？莎樂美問。對了，瑪莉許在哪裡？

艾嘉塔說，即使聽說了，克拉斯也不會記得任何事啦。

梅嘉兒問莎樂美，梅普是否跟內蒂／馬文在一起。

是啊，莎樂美說。但她今天不太舒服，吃藥也沒什麼幫助。我懷疑藥丸是獸醫用的，不是給人吃的。

但是梅普還小，梅嘉兒說。一定會有效的。

梅普是還小，莎樂美說。但可不是小牛。

歐娜問艾嘉塔，妳想聽我昨晚做的夢嗎？

艾嘉塔撐著頭在休息。她說：說真的，歐娜，不，我不想聽。

歐娜微笑。

但是晚點可以，艾嘉塔說。她微笑回應歐娜。

奧古斯特，歐娜說。你昨晚有做夢嗎？

有，我說。

其實我沒有，因為我沒睡——除非我跟歐娜在洗衣場屋頂上的對話算是夢境？

歐娜繼續唱歌，然後停止。她說，媽，我夢到妳死了，在夢中我說，可是如果妳死了那我跌倒就沒有人扶我了。然後在夢中妳又復活，看起來很累，腳很痛，但是很高興又活了一次，妳說：那就別跌倒啊。

其他婦女都笑了。

我好想告訴歐娜要是她跌倒我會扶她。

艾嘉塔拍拍歐娜的手。歐娜，她說，我們出生，我們生活，我們死去，然後除非上天堂，我們不會再活一次。天堂會有正義。

還有尊重，葛瑞妲說。她突然舉起雙臂，好像美式足球裁判示意觸地得分。

那麼，歐娜說，我們都在天堂裡。在我的夢中。

可是歐娜，梅嘉兒說，要是妳上天堂，跌倒時會有很多人扶妳。但是妳已經在天堂了，所以不會跌倒。

莎樂美說：不過妳可能絆倒。妳很笨拙。（我看得出莎樂美對這個話題很不滿。）

除非天堂是夢的一部分，歐娜說。或者夢境不合邏輯。

艾嘉塔說，喔，通常是有邏輯的。

我不確定，歐娜說，或許夢境是我們能有的最合邏輯的體驗了。

天堂是真的，梅嘉兒說。夢境不是真的。

妳怎麼知道？歐娜問。而且我們不是都會夢到天堂嗎？天堂不完全是夢想出來的東西嗎？不過那也不表示它不真實就是了。

艾嘉塔堅定地改變話題。瑪莉許在哪裡？她問道。還有奧潔。她又指著地平線上的光亮說，看看天色。

梅嘉兒把小塊碎布和幾捲線軸放到桌上，讓它看起來像是婦女們在準備縫被子。以防克拉斯回來，她解釋。完成之後，她轉向莎樂美，用溫柔擔憂的語氣說她停止流血了。

莎樂美咒罵，然後開了個孩子父親是誰的玩笑。

梅嘉兒舉起黃褐色的手指（抽菸燻的！）叫莎樂美閉嘴。

（我發現每當莎樂美難過或生氣，她會拉扯奈婕的辮子，這時奈婕受夠了。她逃離莎樂美把編髮辮的任務交給外祖母艾嘉塔。）

梅嘉兒告訴莎樂美，她丈夫安卓亞斯在每個月梅嘉兒流血但是沒死時都很害怕。他很困惑。她哈哈大笑。

那也誇大得太離譜了，葛瑞姐說。安卓亞斯當然懂女性生理期。（顯然她不贊同梅嘉兒對丈夫缺乏尊重。）

莎樂美問，妳沒跟安卓亞斯解釋過嗎？

梅嘉兒又笑了。看他驚嚇比較好笑，她說。

妳是指因為妳流血但不會死？歐娜問。他認為妳是女巫嗎？

瑪莉許終於現身，爬上梯子來到閣樓。奧潔在她後面幫忙。

葛瑞姐連忙奔向瑪莉許，拉著她的雙臂。

歐娜和艾嘉塔移開目光。

莎樂美站起來。發生什麼事了？她問。發生什麼事了？

瑪莉許臉上有瘀青和割傷。一條手臂掛在用育嬰袋充當的吊帶上。奧潔左臉頰上也有五個指印的瘀青。兩人到桌邊就位。

葛瑞姐問：他走了嗎？

強悍不屈的瑪莉許回答：要是沒走，我會在這兒嗎？

奈婕的頭髮終於編好辮子，過去坐在姊妹淘奧潔旁邊。她沒話可說，也沒有什麼東西可以給她，只能跟奧潔同步呼吸。她們看向前方某個我無法辨別的東西，不是虛無空間。她們保持沉默。

那就開始吧，艾嘉塔說。昨天是講話的日子，今天是行動的日子。明天男人就會回來。是否可以說我們多多少少都決定了在那之前離開？我們駁回了留下來反抗的其他選項，因為我們是和平主義者，也因為——

莎樂美插嘴：或因為我們不會贏。

不，她母親說，我們排除留下來反抗是因為我們的信仰有些核心價值，其中一項就是和平主義，我們沒有祖國只有信仰，我們是信仰的僕人，如此我們才能確保在天堂享有永恆的和平。

莎樂美差點吐口水，那種鬼和平肯定不會發生在莫洛奇納。

艾嘉塔說，莎樂美，請不要咒罵。她建議莎樂美改做十二下開合跳消氣。

奈婕大笑。

莎樂美問，做十二下開合跳就能為莫洛奇納帶來和平嗎？

鼻青臉腫的瑪莉許說：我以為今天是行動的日子，不是說廢話。

其餘婦女竊笑，今早放任她隨便說，欣賞她勇敢的幽默感。

對，艾嘉塔繼續說，我們排除什麼也不做的選項，是因為這樣一來我們無法保護上帝賜給我們保護與撫養的孩子——

瑪莉許插嘴：但是我們怎麼確定我們離開莫洛奇納之後他們不會受傷害？

我們**無法確定**，歐娜說。但是可以確定如果我們留下他們一定會受害。歐娜和瑪莉許目光交會。

歐娜問，不對嗎？

瑪莉許沒說話。她眼眶濕潤。她把一塊布折成較小的尺寸，拉扯線頭。

其餘婦女移開目光，看著地平線上浮現、透過窗戶照進恩尼斯特．席森乾草閣樓裡的光亮。

‡

我吹熄我的煤油燈。現在閣樓裡的光線足夠了，今天婦女們很脆弱、嚴肅、受傷又焦慮。我也察覺瑪莉許希望待在陰影中，不受質問。外面牲畜的聲音很吵，窗戶吹進來的風吹起了從歐娜的違禁髮髻鬆脫的幾縷頭髮。

葛瑞妲問，我們打包行李趁半夜失蹤還要多少次？

奧潔和奈婕互瞄一眼。（她們只聽得懂表面語意，我知道她們可能在想：我們**從未**這麼做過，不是嗎？）

艾嘉塔問，葛瑞妲，妳在說什麼？

現在不是上歷史課的時候，瑪莉許說。就我的理解，我們大家決定的是我們想要，也相信我們有權獲得三件事。

葛瑞妲問，是什麼？

瑪莉許說：我們希望孩子們安全。她開始低聲哭了起來，講話有困難，但她繼續說。我們希望堅定信仰。我們希望思考。

艾嘉塔拍一下手，在空中合握雙手說，讚美上帝。葛瑞妲再次像橄欖球裁判一樣，對天舉起雙臂。

兩位老太太歡欣鼓舞。莎樂美和梅嘉兒露出微笑。

莎樂美說，對，就是這樣。

梅嘉兒說，沒錯（precisely）。

欸，這麼說不是完全**沒錯**，莎樂美說。但是在我聽來很完美。是完美的開始。

梅嘉兒問，莎樂美，妳臨死最後一口氣也要用來糾正我嗎？

莎樂美說，對，如果有必要的話。

歐娜的眼睛睜得更大。她似乎沉浸幻想或狂喜。這是新時代的開始，她說。這是我們的宣言。（她用英語說「宣言」，但是加上門諾派口音聽起來像「選菸」。）

奧潔問，那是什麼？

請把所有疑問交給莎樂美，梅嘉兒說。她願意用人生最後一口氣教育她的愚蠢朋友們。

莎樂美大笑。她反駁：我沒說妳們愚蠢，梅嘉兒。只是妳錯用了「沒錯」這個字。

梅嘉兒捲了根菸，提議她為了這個錯誤應該被折磨到死。

奧潔又問，什麼是宣言？

其餘婦女皺眉。他們看著微笑的歐娜。我不是完全確定，她說，但我想那是某種聲明，和準則。

歐娜看著我問，如何？

對，我附和，是聲明。意圖的聲明。有時候具有革命性。

艾嘉塔和葛瑞妲警惕地互看一眼。

不行，不行，奧古斯特，艾嘉塔說，不能有革命性。我們不是革命分子。我們是單純的婦女。我們是母親，也是祖母。

革命分子都是軍人，葛瑞妲補充，通常帶著突擊步槍、炸彈之類的東西。那跟我們正好相反。（在莫洛奇納社區裡一指涉到革命就會聯想起俄國革命，在門諾派看來那可不是件好事。）

歐娜問，但是我們願意為我們的目標而死嗎？

奈婕和奧潔都搖頭。

是，莎樂美說，當然了。

奈婕和奧潔交換個眼色，動人地類似剛才她們祖母的動作。

歐娜問，妳願意為我們的目標殺人嗎？

莎樂美說，不要。

歐娜問，但是妳會為了目標允許自己被殺？

呃，不會，莎樂美說，最好不要。

因為妳不想讓別人成為殺人凶手嗎？歐娜問。還是因為妳重視個人生命超過目標？

我不知道，莎樂美不耐煩地說。而且時間不多了。
歐娜只是想弄清楚妳的意思，梅嘉兒說。精確不是妳的專長嗎？關於死前的最後一口氣？
聽著，艾嘉塔說。夠了。
這時我提心吊膽地抬起頭來，艾嘉塔說，什麼事，奧古斯特？
我為了輕率用字和引發不必要的爭辯再次請求原諒。
歐娜往身旁的飼料桶裡嘔吐。她向大家道歉，然後看著我。我喜歡「革命性」這個字，她說。她下巴上有嘔吐物的殘渣。
莎樂美撿起一把乾草擦擦歐娜的下巴。她激動地向歐娜說悄悄語。
歐娜點頭。她看向窗子，再次點頭。（大革命裡的小革命？）
我們繼續吧，艾嘉塔說。我們可以同意我們只想要保護我們的小孩，維持我們的信仰，還有思考嗎？我們不是革命分子（或動物）？我們願不願意為目標而死不是現階段我們必須問的問題，因為我們有更迫切的事情要處理？

是，梅嘉兒說。但我還想提出一個更深入的問題。這跟《聖經》告誡女人必須服從與尊敬她們的丈夫有關。她說，如果我們要繼續當個好妻子，怎麼能拋棄我們的男人？這麼做不就是不服從？

莎樂美說，我們最優先最迫切的責任是我們的小孩，和他們的安全。

梅嘉兒說，但是不符《聖經》所說。

我們不識字，莎樂美說，所以我們怎麼知道《聖經》寫什麼東西？

妳在硬拗，梅嘉兒說。我們都聽說過《聖經》的內容。

是啊，莎樂美說，是彼得斯、長老和我們的丈夫說的。

對，梅嘉兒說。還有我們的兒子。

我們的兒子！莎樂美說。那麼彼得斯、長老、我們的兒子和丈夫之間有什麼關聯呢？

梅嘉兒說，我想妳一定會告訴我們。

莎樂美說，他們都是男人！

當然，梅嘉兒說，這我也知道。但還有人能幫我們解讀《聖經》呢？

莎樂美說，我的重點是，根據《聖經》，我們離開未必就是不服從男人，因為我們婦女不識字，不知道《聖經》裡具體寫了些什麼。況且，我們覺得我們必須尊敬丈夫的唯一理由，是因為丈夫告訴我們《聖經》裡這麼規定的。

她問梅嘉兒，如果妳丈夫告訴妳《聖經》裡的上帝透過各種男性先知與門徒，或透過耶穌本人的話語，清楚講明他，就是妳老公，在妳質疑他的動機時應該揍妳的臉一拳——還有當妳的小孩不小心沒關穀倉的門，他應該用馬鞭痛打一頓，妳也應該這麼做——妳會同意嗎？

梅嘉兒翻個白眼——接著，捲了根菸。

莎樂美追問，妳會假設他知道這是上帝的律法嗎？

歐娜引述《傳道書》說：喜愛有時，恨惡有時；爭戰有時，和好有時。

艾嘉塔抬起眉毛。她問，妳們幹嘛要討論這些？

《聖經》提議有時候要恨惡，有時候要爭戰，歐娜說。我們認同嗎？

婦女們沉默不語。

不，艾嘉塔說，我們不認同。

奈婕說，我們討厭戰爭。

奧潔大笑。

艾嘉塔微笑，誇獎女孩們。她把上半身往左傾，往右傾，再往左傾，那是她喜歡一個笑話時表演的溫和舞蹈，表示她聽懂了，很好笑。

瑪莉許說，或許可以這麼說，我們對《聖經》的理解有些缺漏。我們最好繼續前進。她往窗外的太陽抬起下巴，做個趕快的手勢。

我同意有缺漏，莎樂美說。但問題比區區的缺漏更明確。

奈婕問，是斷層嗎？奧潔傻笑。

莎樂美刻意不理奈婕繼續說，問題在於男人對《聖經》的解讀，還有「傳遞」給我們的方式。

歐娜簡單地說：對，我們無法閱讀寫字，讓我們在協商對《聖經》的解讀時屈居很大的劣勢。

艾嘉塔用手拍夾板。這個有趣，她說，但瑪莉許說得對。我們快沒時間了。我們都同意我們對於離開莫洛奇納不服從我們丈夫——

瑪莉許插嘴，可是我們怎麼控制我們的情感？

艾嘉塔繼續說：——不會有罪惡感，因為我們不完全相信我們這是不服從吧？或者不服從的罪名根本不存在？

瑪莉許說，喔，存在的。

對，莎樂美說，作為字彙、概念和行為而存在。但這不是定義我們離開莫洛奇納的正確字眼。

瑪莉許說，這可能是定義我們離開的字眼之一。

確實，莎樂美說，是許多字眼之一。但這是莫洛奇納的男人而非上帝會用的字眼。

對啊，梅嘉兒說。上帝對我們離開可能有別的定義。

歐娜問，妳想上帝會怎麼定義我們離開？

梅嘉兒說，喜愛有時，和好有時。

啊哈！歐娜說。她開心地拍手。

莎樂美微笑。

梅嘉兒笑顏逐開。艾嘉塔把上半身往左傾，又往右傾。

（我忽然有個念頭：或許這是莫洛奇納的婦女們第一次自行解讀上帝的教誨。）

我們會覺得痛苦，我們會覺得哀傷，我們會覺得不安，我們會覺得憂愁，但不會愧疚，艾嘉塔說。

瑪莉許修正：我們可能會**覺得**愧疚，但我們很清楚我們是無辜的。

其餘婦女急切地點頭。梅嘉兒說，我們可能**覺得**想殺人，但我們很清楚我們不是殺手。

歐娜說，我們可能**覺得**想報仇，但我們很清楚我們不是浣熊。

莎樂美發笑。我們可能覺得迷失，她說，但我們很清楚我們不是輸家。

是妳個人意見吧，梅嘉兒說。

我一向這樣，莎樂美說。妳也該試試看。

梅嘉兒模仿莎樂美，用高傲的青蛙聲音重複她說的話。

我們繼續討論前還有一件事，葛瑞妲說。關於重新教育我們男性的問題。那不也是我們想要的嗎？

不是想要，莎樂美說，不完全是。（小姑娘們聽到莎樂美這句糾正，又作勢想要自殺。）如果我們要維護信仰的核心，和平主義不衝突的教條，重新教育我們的男性就是我們的義務，而且我們如果想在天堂享受永恆和平，必須堅持做到！

對，葛瑞妲（以極其疲憊的語氣）說。

歐娜說，我們如果要保護我們小孩的話。

對，那個也算，葛瑞妲說。接著補充，所以不是該把它納入我們的計畫嗎？

奈婕說，宣言，宣言，奧潔聽了竊笑。

對，葛瑞妲說。宣言的一部分。

奈婕和奧潔猛然大笑。她們似乎覺得「宣言」這個字好笑得難以忍受。

莎樂美說，我們會有組織地做重新教育的工作——（梅嘉兒說，喔饒了我吧，隨便啦）——同時把我們的男童撫養成有同情心、尊重別人的男性。

莎樂美向梅嘉兒舉起一塊捲起來的布，梅嘉兒用菸把布中央燙穿一個洞，然後用一隻黑眼睛從破洞窺視莎樂美。

莎樂美大笑。把它縫到妳的被子上，她告訴梅嘉兒。可以增添個性。

梅嘉兒說，妳是指我們想像的被子。

葛瑞妲說，但是留下的男孩怎麼辦？

莎樂美突然變嚴肅。她舉起手要求釐清，問道，我們已經決定好准許男孩跟我們走的年齡分界線了嗎？

婦女們沉默片刻。然後艾嘉塔說她一直在想這點，想要做個提議。關於社區男性的議題很複雜，她說。我們愛我們的兒子，我們在合理保留程度上也愛我們的丈夫，即使只因為我們被教導如此。

瑪莉許說，妳把愛和服從搞混了。

或許妳是這樣，瑪莉許，但對社區的其他婦女未必如此，艾嘉塔說。無論如何，我們必須愛所有人，或表現愛。上帝的優先教誨（應該是男人解讀的）是要像神愛我們一樣互相愛護，愛我們的鄰人也希望鄰人同樣地愛我們。

（我聽到莎樂美深吸一口氣。）

奧潔和奈婕又低下她們的頭靠到桌上。奈婕把她從會議開始嚼到現在的香腸給了奧潔一截。

奧潔皺眉，閉上眼睛。

奈婕把手輕輕放在奧潔臉頰上，遮住奧潔父親造成的瘀傷。

艾嘉塔說出她的提案：所有十五足歲以下的男孩必須跟婦女走。

瑪莉許問，跟我們去哪裡？

瑪莉許，葛瑞姐說。妳明知我們還不曉得具體要去哪裡。

梅嘉兒補充：我們怎麼可能知道？我們從未離開莫洛奇納，也沒有地圖，即使我們有地圖也看不懂。

莎樂美問：妳說必須是什麼意思？我們要強迫他們一起離開嗎？

艾嘉塔毫無懼色繼續說。十五歲是受洗的年紀，那些已經受洗加入教會的男孩現在是完整的成員，可以視為男人，所以他們目前跟其他成年男性在城裡。不到十五歲的男孩，以及科內留斯和格蘭特，都留在社區裡。他們像小孩是因為他們需要特殊照顧。他們當然必須跟我們走。如同先前確認的，我們的義務和本能，還有慾望，是保護我們的小孩。不只是女兒。

婦女們七嘴八舌說話，我又聽不清楚每個人說什麼了。

拜託，艾嘉塔說。一個一個來。

如果那些男孩不想走，他們拒絕離開，我們怎麼辦？瑪莉許猜想。我們總不能揹著十四歲男孩。

那倒是，艾嘉塔說。我們不能逼他們跟著走，但我們會解釋我們在閣樓裡討論的一切，我們為何認為他們最好跟著我們離開。我們會設法**影響**我們的兒子。

奧潔和奈婕從桌面上抬起頭。

奈婕說，那些男生應該看得懂地圖。

奧潔說，如果我們有的話。

我舉起手。

奧潔微笑。什麼事，艾普先生？

我告訴婦女們，我還在取得我知道在科提札社區的世界地圖的過程中。

眾人大笑。（我不知道為什麼。）

歐娜回到她母親的話題上。要莫洛奇納的婦女同意設法影響她們的兒子真的很有革命性，她說。

不對，艾嘉塔說。這是出於本能。我們是他們的母親。他們是我們的小孩。我們集體遵照我們信仰的教條與至少就我們所知的愛與和平的定義，還有上天堂得永生的條件，決定怎樣對他們最好，我們也會依此行動。我們的動物本能加上我們在陰影下潛伏痛苦已久的智慧，還有我們上帝具現的靈魂。那怎麼會是革命性？（這時艾嘉塔已經講到喘氣。）

瑪莉許問，拒絕跟我們走的男孩會被允許留在社區嗎？

當然，艾嘉塔說，我們會託付主張什麼都不做的婦女和即將回來的父親照顧他們——至少在明天。

梅嘉兒說，但那樣會很難過。

對！艾嘉塔說。那樣會很難過。但是哀傷無法避免。我們只好忍耐。

莎樂美，瑪莉許說。妳家艾倫會怎麼做？他會離開嗎？

莎樂美不理這個問題。她轉問艾嘉塔：我們建立新社區之後，會邀請留下的男性老少來會合嗎？

我不確定，艾嘉塔說。據我們所知，莫洛奇納的年輕人經常在十六歲結婚，留下的男孩很可能娶科提札或其他地方，或許夏克耶克的女孩。（翻譯者備註：科提札北方的社區，在我們語言的意思是「看，在這裡」，應該是「這是哪裡？」這個問題的答案）他們可能不會想要在婚後遷徙。

但如果他們想加入我們，梅嘉兒說，做得到嗎？

艾嘉塔沉默。她快速眨眼看向屋梁。

或許吧，歐娜說，如果他們簽署我們的宣言並且遵守就能加入。

莎樂美說她擔心宣言會被男人改變或逐漸弱化。他們可能只為了回到女性身邊簽署，但事後不會遵守。

梅嘉兒同意。到時我們就退回原點了，她說。

聽好，艾嘉塔說。我們要展開旅程了。我們要啟動這兩天來根據我們的解讀是上帝的旨意、對我們信仰的考驗，身為母親和有靈魂的人類的責任和天然本能的改變。我們必須相信它。

葛瑞妲說明：我們無法預知會發生的所有事情。我們必須走著瞧。目前呢，我們已經有計畫了。

歐娜轉向我。奧古斯特，你想藝術家米開朗基羅在動筆時就知道他的畫會是什麼樣子嗎？

我說，我不知道。
瑪莉許說，不太可能。
或是照片，歐娜說。攝影師在拍照時就知道照片會是什麼樣子嗎？
若是攝影的話，我說，攝影師可能比畫家米開朗基羅清楚他的作品最終面貌會是怎樣。
歐娜謝謝我的解釋。她說，我們女人都是藝術家。
瑪莉許冷笑說，焦慮的藝術家。
歐娜向我微笑。我微笑回應。
艾嘉塔牽著歐娜的手，歐娜牽莎樂美，莎樂美牽梅嘉兒，梅嘉兒牽奈婕，奈婕牽奧潔，奧潔牽瑪莉許，瑪莉許牽葛瑞妲，葛瑞妲又牽著艾嘉塔的手。
她們都看著我。
艾嘉塔放開葛瑞妲改牽我的手，要我放下我的筆牽葛瑞妲的手，盡量別壓到她腫脹的關節。

‡

我們唱歌。艾嘉塔起頭，我們都跟著加入：兩位老太太興致勃勃，兩個小姑娘不情願地咕噥；其他人雖然唱得好聽，也沒什麼勁。

我們在恩尼斯特・席森的乾草棚裡，天地之間，這或許是我最後一次聽歐娜唱歌了。我們一起唱〈環觀大地好風光〉。

環觀大地好風光，
仰視美麗好穹蒼，
想起出生到如今，
主愛時常繞我旁。
基督，我們的神，我們獻給祢

這首犧牲的讚美詩。
靜觀晝夜每時分，
形形色色美麗中，
綠水青山描寫巧，
日月星辰點綴工。
基督，我們的神，我們獻給祢
這首犧牲的讚美詩。
主賜耳聰目亦明，
歡愉充滿健精神，
更賜神祕和諧趣，
聲色由空轉化真；
基督，我們的神，我們獻給祢
這首犧牲的讚美詩。

世間惟愛繫人群，
父母兄弟樂天倫，
四海之內多朋友，
愛重情深百福臨；
基督，我們的神，我們獻給祢
這首犧牲的讚美詩。
基督教會極輝煌，
人間四處遍擴張，
福音恩光永張顯，
照亮一切暗地方；
基督，我們的神，我們獻給祢
這首犧牲的讚美詩。[9]

葛瑞妲提議我們再唱一首。她問大家想不想唱〈與主接近〉。

我激動起來。我不知道自己出了什麼毛病。

歐娜在看我。我舉起手。

艾嘉塔說，奧古斯特，你想說話隨時都可以說，不必舉手。你是老師耶！她笑了。

其他人盯著我。

眼淚從我臉頰流下。我幾乎看不清楚紙面寫下這段話。我看到瑪莉許嘟嘴，別開目光。這個來路不明的娘娘腔。奧潔和奈婕似乎跟我一樣對哭泣很尷尬。

這就是我懷疑的：我母親愛過彼得斯嗎？他以前跟現在不一樣嗎？仁慈嗎？倘若他沒有困在這個痛苦實驗的嚴苛考驗中，他會是另一種人嗎？希望事實如此是

9〈環觀大地好風光〉（*For the Beauty of the Earth*）為十九世紀英國詩人皮爾珀因（Folliott S. Pierpoint）所作的聖詩，後經由約翰・盧譜曲。此處歌詞參考《頌主聖詩》，唯副歌是原始版本，故保留與現今傳唱的版本些微不同。

個罪愆嗎？他會懂我的恐懼嗎？安慰我？我專心想著閾限空間的定義，努力憋住眼淚。我想要跟歐娜分享這個定義。但現在或許我不會有機會了。

我改問婦女們，我可否跟大家分享關於葛瑞妲提議的聖歌〈與主接近〉的一件事。

莎樂美皺眉但還是說，當然，奧古斯特，但是快點，你看。她指著窗戶，窗外的光線突然成了我們故事的核心角色，可畏的催化劑。

我開口說，〈與主接近〉也是鐵達尼號沉沒時乘客們唱的歌。

我望著歐娜。

她說她沒聽說過這艘船，但如果她身在沉沒中的船上也會唱這首歌。

瑪莉許補充：如果沒別的事可做。

對，歐娜說，如果沒別的事可做。

閣樓裡的婦女沒人聽說過鐵達尼號。閣樓裡的婦女也沒人看過海洋。她們對我的說法的克制禮貌回應真令人尷尬。她們默默地點頭，默認這個事實。我內心真是無比痛苦，鐵達尼號。這事是為歐娜說的。但我竟然笨得在這時候講，像在暗示婦女們的計畫注定失敗。我太自私了。

這時慈悲的葛瑞妲再次提議我們唱歌。

‡

我們唱完了〈與主接近〉。我好希望唱歌時握著歐娜的手，而非艾嘉塔和葛瑞妲的手。上帝，請原諒我。

現在有工作做了。

艾嘉塔堅持我們不能再隔著花朵講話了（她用門諾低地德語表達成語的概略翻譯）。快到婦女們準備離開的時候了。

眾人大多點頭。瑪莉許皺眉但沒說話。

從昨天我們會議結束後，艾嘉塔說，夜裡發生了一些事。

她繼續說：我晚餐後去上廁所，聽到西北方的田地傳來可怕的呻吟聲，就在我家旁邊。因為水腫（她暫停下來喘氣，讓其他婦女正確地記住折磨她的病名）我抬高我的腳，放在奧潔的舊搖籃上，有天使裝飾、淡藍色，寇特的脊椎折斷之前做的那個。

我無法起身去查看，她繼續說，但是呻吟聲越來越近，一直接近，更近，我也聽到了馬和馬車壓過碎石的聲音，最後有人敲我的門。

歐娜清清喉嚨猛點頭，瞪大眼睛催促她母親長話短說。

艾嘉塔繼續說：是克拉斯。

艾嘉塔告訴大家，克拉斯因為臼齒蛀牙很痛苦。（她父親是前任社區牙醫，去世把工具留給她之後，艾嘉塔一直是社區的牙醫。）

瑪莉許點頭。對，她說，這我已經知道了。他的呼吸好臭。她在鼻子底下揮手，愁眉苦臉。

莎樂美問：不過這是他把妳的臉打瘀青之前或之後的事，瑪莉許？

瑪莉許略過這個問題，搖搖她被咬掉的手指，示意艾嘉塔繼續。

艾嘉塔解釋她同意幫克拉斯拔牙，但是必須先麻醉他。他同意了，就在艾嘉塔把浸泡乙醚的布蓋到他臉上之前，她問他是否知道陪他回莫洛奇納的另外兩個男人，亞許（安東）和雅克柏在哪裡。

克拉斯說他們喝寄生槲伏特加喝醉了，躺在幼馬馬廄附近的休耕田地上。我告訴克拉斯他們三個都喝太多了，艾嘉塔說。他生氣了。他說每個人都說他喝太多酒，但是沒人說過他有多渴。

瑪莉許哼一聲。這話我聽過。

艾嘉塔麻醉克拉斯之後繼續拔牙。她很快拔出來，讓克拉斯昏迷，然後上了他的馬車驅車到她存放起司、香腸、麵包、麵粉、鹽、雞蛋和清水的戶外廚房。

莎樂美問：麵包是布拉卡嗎？

艾嘉塔證實是。

（翻譯者備註：布拉卡是長途旅行用的乾麵包。要吃才沾上或浸泡在水中軟化，可以保存很久。另註：艾嘉塔有沒有發現歐娜和我在洗衣場屋頂上？）

艾嘉塔回到她家，卸下補給品藏在她的臥室，然後等克拉斯醒來。克拉斯準備離開時問艾嘉塔為什麼他的馬滿身大汗。

歐娜插嘴：他剛拔完臼齒可以講話嗎？

可以，艾嘉塔說，他用手勢配合說話。

艾嘉塔回答一定是他來她家的時候，把馬兒操太累了，老樣子（葛瑞妲咕噥：太累了），拔牙時間又很短，馬兒沒有時間復原。

莎樂美插嘴：呃，現在他拔完了牙心情可能會好一點。

瑪莉許抬頭瞪著莎樂美。

對不起，莎樂美說。但我是真心的，希望啦。

或許莎樂美說得對，葛瑞妲安撫兩人說。少了牙痛他可能比較不好鬥。或許莎樂美說得對。

我不介意莎樂美說對了，瑪莉許說。我只是不喜歡她**自認為**是對的。

婦女們對此有共識。她們互相點頭，討論起說得對和自認正確之間的明顯差別。

奧潔打破沉默。她說，我們——她指指母親和她自己——可能永遠見不到我爸了。

其餘婦女保持沉默，也在深思這句話。

我們在閣樓這些人都要丟下家人，艾嘉塔溫和地提醒她。丈夫，兄弟，父親，姊妹，姑姨和伯叔。

但不包括小孩，歐娜說。

某些小孩，莎樂美糾正她。

成年的小孩，歐娜說。她和莎樂美的幾個兄弟都進城去了。

但不是所有成年小孩，艾嘉塔說。

對啊，葛瑞妲說。

葛瑞妲摘下瑪莉許的頭巾撫摸她的頭髮。瑪莉許倚在她母親溫柔的擁抱中。

艾嘉塔提議，來說說我們敲定了計畫之後的哀傷吧。

婦女們表情堅定、嚴肅、淒涼又充滿張力，但她們點頭同意。

艾嘉塔提醒大家，她已經確保了旅途的大量糧食，今晚稍後她們要把那些糧食裝到她的馬車上。（艾嘉塔是寡婦。她丈夫寇特很多年前就死了——據彼得斯說，是嚇死的。彼得斯的說法是，寇特在幼馬馬廄西邊大路的空地射殺老是偷吃他玉米的烏鴉時，看到魔鬼，瞬間暴斃。

而艾嘉塔的說法——歐娜支持，但莎樂美或艾嘉塔的兒子們、目前在城裡的所有成年已婚男性不完全支持——寇特用點二二手槍指著太陽穴轟掉自己的腦袋。居民都說，歐娜的精神崩潰原本是潛伏的，醞釀中但非無法控制，直到她父親死去。事後，她一輩子變得恍惚古怪，怪的是也執迷於各種事實，對她而言似乎寧可當個賤民，像魔鬼的女兒，上帝帶給社區的負擔。我個人認為是比較輕微，不具侵略性的未知鬼怪作祟。）

艾嘉塔問婦女們昨晚還做了什麼其他準備。

大家立刻七嘴八舌。葛瑞妲忍不住大笑。她叫眾人安靜讓奧潔和奈婕說出她們的成就。

奧潔和奈婕興奮但靦腆地微笑，亟欲分享這個消息。

奧潔開口想說話，卻停下來呻吟。她臉上的瘀青連講話都會痛。

莎樂美伸手越過桌面拍拍她的手。

歐娜說，喔，奧潔，親愛的，別說話。奈婕會說明。

奈婕的陳述大意如下：昨晚，克拉斯去找艾嘉塔拔牙之後，奧潔溜出家門跑去找奈婕。（奈婕的父親〈姨丈〉，莎樂美的丈夫，跟其他男人在城裡。）奧潔和奈婕兩人匆忙地在完全黑暗中跑到葛瑞妲的穀倉，把馬鞍放上露絲和雪若，騎到科提札社區。她們跟庫普兄弟在科提札教堂後面，用來燒牲畜屍體的露天大坑附近會合，兩社區的年輕人通常會在週三和週日晚上一起度過閒暇時間。

女孩們成功說服庫普兄弟收容露絲和雪若在兄弟的穀倉過夜。到了一大清早，克拉斯出門進城之後（少了露絲和雪若很生氣，但慶幸蛀牙拔掉了），庫普兄弟會到莫洛奇納葛瑞妲的穀倉交還露絲和雪若。葛瑞妲的愛馬會很安全地準備好跟著婦女們踏上旅途。

奈婕講完之後，大多數婦女微笑，點頭嘉許。

然而，莎樂美皺眉。她問，妳們怎麼可能說服庫普兄弟把露絲和雪若藏在他們老爸的穀倉裡？

很容易，奈婕馬上說，因為庫普兄弟喜歡我們。她和奧潔互看一眼。

莎樂美問，要是露絲和雪若藏在庫普兄弟的穀倉，妳們怎麼回來莫洛奇納？

庫普兄弟送我們回來，奈婕有點叛逆地說。我們一起騎他們的馬，抓著他們的腰回來。

妳們抓他們的腰？莎樂美問。抓他們的腰？

奈婕點頭，沒有迴避莎樂美的目光。

莎樂美問，妳們替庫普兄弟做了什麼，交換他們藏匿露絲和雪若？

小姑娘沉默不語。

說啊？莎樂美問。

艾嘉塔制止莎樂美。那不關我們的事，她說。發生就發生了，葛瑞妲的愛馬安全，女孩們也毫髮無傷。

莎樂美不放棄。她很不滿奈婕——應該也包括奧潔。她提高音量。兩批老母馬不值得妳們作賤自己，她說。

奈婕咕噥了什麼。

再說一遍，莎樂美說。我沒聽清楚。

奈婕瞪著母親（阿姨）。她低聲說，妳為了遠低於兩匹好馬的代價，作賤自己很多次。

妳在胡說什麼？莎樂美追問。

奈婕不說話。

莎樂美再問一次。

奈婕不肯開口。

莎樂美又要求奈婕回答。

奈婕搖頭拒絕。

此時莎樂美拉開嗓門說，她只為了維持和平做了必須做的事，奈婕沒有權利批評她作為妻子和母親的行為，她的行為，她的順從，她自己的痛苦，防止了奈婕的父親侵犯奈婕，所以——

艾嘉塔舉起手。

奈婕終於說話了。喔，她向莎樂美說，我該感謝妳？

艾嘉塔平靜地說：莎樂美，夠了。沒時間吵這個。

莎樂美的目光宛如刺刀。她喃喃咒罵，指著天上，拉扯衣襟，那塊用來遮掩胸部必要的長方形布料……不是處女的女孩不能嫁人，她說。她氣壞了。

歐娜輕拉莎樂美的袖子，說了些我聽不清的話。（我猜她是在告訴莎樂美，莫洛奇納的律法跟世俗法律不一樣，女孩子是不是處女不重要。）

妳對外界懂什麼？莎樂美問歐娜。

歐娜說，完全不懂。

歐娜成功讓莎樂美冷靜下來。她們的臉幾乎貼在一起，彷彿歐娜正把體貼與平靜吹進妹妹憤怒的心中。

好吧，莎樂美說。但是老實說，奈婕，妳們有沒有向庫普兄弟洩漏我們的出走計畫？

小姑娘們搖搖頭。

莎樂美說，妳確定嗎？

小姑娘們點頭。她們確定。

奈婕說，我們又不是白癡。

我可沒那麼確定，莎樂美放大嗓門回答，為了保護兩匹快死的母馬讓庫普兄弟玩弄妳們——

艾嘉塔插嘴。莎樂美，她又說，夠了。

莎樂美閉嘴，氣喘吁吁。

葛瑞妲轉向小姑娘們。她說，我很感激妳們，救了露絲和雪若免於被賣掉。我會永遠感激，但我永遠不希望妳們因此犧牲了妳們的美德。

喔，瑪莉許說。媽。妳指的是什麼美德？（她用氣音說出「美德」這個字，像是咒罵。）她又說，美德個屁。現在妳的馬保住了。我們都知道奈婕和奧潔的貞節多年前就喪失了。我們現代一點吧。（這很出乎意料——又有趣。以前在社區裡，現代化從來不是願望。）還有莎樂美，妳表現很偽善又沒信仰，一下子推動逃離莫洛奇納男人的「自由逃亡」，一下子又假裝被小女孩們為了推進我們出走的目標採取的革命行動冒犯（葛瑞妲反駁，**不是革命啦！**）。奈婕和奧潔盡她們的力量保護露絲和雪若不被賣掉，瑪莉許說。這可不只是妳個人的災難。

葛瑞妲問，妳在說什麼？

瑪莉許不理她。她繼續向莎樂美說。妳以為我和奧潔臉上的瘀青是怎麼來的？噢，我告訴妳吧。克拉斯去抓露絲和雪若時，發現牠們不見了大動肝火。他要我說出馬在哪裡。我說在他拔牙昏迷不醒的時候，因為有人忘了關門，馬從穀倉跑掉了。克拉斯打我罵我說謊，太荒謬了。他說，露絲和雪若一向對逃走沒興趣。牠們是莫洛奇納最懶惰的馬（葛瑞妲說，才不是！）。他又打我。奧潔想要阻止，克拉斯就打她耳光。

那麼，瑪莉許總結。怎樣？我們可以繼續了嗎？

艾嘉塔拍拍莎樂美的手。

莎樂美把手縮回去，雙手抱胸。

瑪莉許傷了莎樂美的自尊。奈婕也揭穿了她的心口不一。沒人可以安撫她。

我們在浪費時間，葛瑞妲懇求，一個接一個傳遞這個負擔，這袋石頭，推卸我們的痛苦。我們不能這麼做。我們不能拿我們的痛苦玩傳炸彈遊戲。我們每個人自己吸收吧，她說。我們把它吸進來，消化它，化為燃料吧。

（我必須承認，這是非常粗略的翻譯。我有時間壓力，還分心想起了葛瑞妲的亡夫以前會跑到南方二十公里去買私釀酒，喝得酩酊大醉，然後找人把他裹上毯子放上馬車，相信他的馬能自己認路回家，牠們總是不負使命。然後葛瑞妲會解開丈夫的毯子把他抬上床。我比較能理解她對露絲和雪若的疼愛，也想起了弗林特的大眼睛和長睫毛，還有絲絨般的鼻子。）

這時有人爬梯子上了閣樓。是恩尼斯特・席森！他幾乎無法走路，更別提攀爬了，而且過度用力，咬著嘴唇，發出呻吟聲。

歐娜上前扶他爬上最後幾階。

恩尼斯特問我們在他的閣樓裡做什麼。你們是天使嗎？他問道。還是迷路了？你們會幫我洗澡嗎？他呼吸困難，但會間歇地發笑。

歐娜扶他坐到乾草堆上。

他問婦女們，妳們這些賤人在策劃什麼？（這是我們的古式語言中更加古老的方言）。

因為癡呆了，恩尼斯特・席森總是使用粗魯語言，婦女們不在意。他以前是個有禮克制的人，下田辛苦一整天之後，會在昏暗傍晚跟已故的妻子安妮和兒女在自家油菜田玩鬼抓人遊戲，點著煤油燈互相追逐。

同樣呼吸困難的艾嘉塔起身，走到恩尼斯特身邊（他們是同齡的表親）坐到他

旁邊的乾草堆上。

唉，恩尼斯特，她說，我們都老了，不是嗎？

恩尼斯特把頭倚在她肩上，她整理他凌亂的白髮。他問婦女們是不是魔鬼。

不是，艾嘉塔說，我們是你朋友。

他問婦女們是否在謀劃燒掉他的穀倉。

不，恩尼斯特，艾嘉塔說，沒有謀畫，我們只是在聊天。

他似乎想了一下，然後問艾嘉塔能不能幫他洗澡。

梅嘉兒自願帶恩尼斯特回家幫他洗澡。她會順道去戶外廚房拿些麵包和香腸餵飽恩尼斯特，把剩下的跟即溶咖啡帶回閣樓給大家吃。

艾嘉塔問，妳沒有忘記幫恩尼斯特洗澡要用溫水而不是熱水，以免燙傷吧？

梅嘉兒點頭，恩尼斯特和梅嘉兒緩緩爬下梯子。

艾嘉塔站在梯子頂端，雙手插腰看著。恩尼斯特的前院旁邊種了些薄荷，她大聲交代他們。妳可以採一些加到溫水裡。恩尼斯特很喜歡。

艾嘉塔走到窗邊看了半晌，等梅嘉兒和恩尼斯特走回恩尼斯特家。（我忽然發現她似乎在默默向恩尼斯特訣別。）

最後，她猛然轉身面對其他婦女。她問，我們都同意在今晚天黑後離開，以免經過科提札和夏克耶克社區時被人看見吧？

眾人點頭。

歐娜問艾嘉塔：但是科提札和夏克耶克以外的社區呢？

艾嘉塔皺眉。她問，什麼社區？

我就是在問這個，歐娜回答。什麼社區？

呃，艾嘉塔說，我們不知道過了那兩個社區以後有什麼，因為我們從來沒跑到那麼遠。

瑪莉許說：所以我們不知道是否會被看到我們逃離，因為我們不知道還有誰可能看到？

沒錯，艾嘉塔說。但我們會盡力趁天黑走遠一點，然後在白天躲起來休息。

我們要躲哪裡？葛瑞妲問。我們有馬匹、牲畜、幼童和叫個不停的雞，還有隨時在背誦數字的格蘭特？

葛瑞妲，艾嘉塔不耐煩地說，妳明知道我們沒有這些疑問的答案。我們不可能知道要躲哪裡或離開莫洛奇納時會遭遇什麼人什麼事。我們就別追究未知的東西浪費時間吧。

但是思考就是這樣，歐娜說。思考也是我們想要自由去做的事情之一。我們已知存在或確實的事物才不需要深究。

艾嘉塔不理歐娜。她問，我們還會帶什麼東西上路？

喔，歐娜說，我們必須帶牲畜，豬牛雞之類的，沿途當作糧食，當然還有露絲和雪若（其餘婦女滑稽地呼應，當然要露絲和雪若！），還有屬於其他婦女的馬。

葛瑞妲補充，我們也會需要牲畜飼料和乾淨的稻草。

梅嘉兒問，可是那些牲畜是誰的？

那有什麼差別？莎樂美冷笑。我們必須靠牲畜才能活命。

瑪莉許這時開口。所以，她向莎樂美說，妳在道德上不反對就算偷竊也得做我們活命必須做的事？

（歐娜和我互瞄一眼：想到弗林特。）

當然不是，莎樂美說，況且，牲畜不只屬於男人，也同樣屬於我們。

同意，瑪莉許說。但是當其他婦女在某些情境下為了生存做她們覺得必要的事，妳不該表現得像偽君子。

為了救兩匹老母馬不被賣掉交出妳們的身體給進化不全（我心想，所以，莎樂美相信進化論嗎？）的庫普兄弟不是生存問題，莎樂美激動地說。當妳要展開漫長陌生的旅程到未知目的地，手裡有牲畜才絕對是生存問題。妳聽說過諾亞與方舟嗎？

瑪莉許反擊，妳又聽說過抹大拉的瑪麗和朋友耶穌嗎？

這時，艾嘉塔吃力地再度站起來。她以惡毒的語氣清晰地說出每個字。我。已經。聽。夠。了！妳們還搞不清楚我們在策劃今晚的出走嗎？我們是個大團體，後勤補給很複雜，各種變數五花八門，而且時間不多了！看在救世主耶穌基督的份上，拜託妳們閉嘴！

歐娜低聲說：我們不是**逃走**，我們不是逃離燃燒穀倉的老鼠，我們做了決定離開，而且——

艾嘉塔用手猛拍桌子。另一隻手按在心窩上。她癱坐到飼料桶／凳子上不說話。

歐娜上前查看母親的狀況。對不起，她說。我保證會保持沉默。她摘下頭巾，放進水桶沾水貼到艾嘉塔的額頭上。（歐娜的頭髮披散——這個字是從我印象中的監獄文學撿來的，我為此道歉——到她臉上和肩膀。）

其餘婦女擠在艾嘉塔周圍。她睜大眼睛微笑，點點頭，專心調整呼吸。

所有人——婦女們和我——等待。

（翻譯者說明：除了乙醚和獸醫噴劑，就是用來迷昏牛馬的顛茄，社區裡沒藥可給艾嘉塔吃——強暴犯也用這種噴劑對付莫洛奇納的婦女。）

葛瑞妲禱告。

莎樂美和歐娜各自握著艾嘉塔一隻手，調整呼吸同步。瑪莉許和兩個小姑娘靜靜地旁觀。

艾嘉塔緩過氣來可以說話了。她說，*Yoma leid exhai*。（這句無法翻譯。）

眾人放心地笑了。

她問，我們剛才說到哪裡？

此時婦女們似乎緊張得不敢開口。

我舉起手。

艾嘉塔說，請直接說吧。

我解釋說，從昨天我們會議結束後，我成功取得了合作社的保險箱，一根炸藥和一張世界地圖。（昨晚在洗衣場屋頂離開歐娜之後，我感覺膽子變大了，因為跟不睡覺、純粹喜悅、我們對話的美好回憶、我們變親近有關的理由，活躍在我心中。）

還有六分儀，我補充。然而，我不確定那會派上用場。

六分儀！歐娜說，露出微笑。測量角度的？

我聳聳肩。

莎樂美除外的婦女們似乎很驚訝。她們看著我。

葛瑞妲舉起雙臂到頭上。阿門，她說。

瑪莉許問：你說你有炸藥，是什麼意思？

炸開保險箱，莎樂美說。拿出我們的錢。

歐娜問，男人回來發現保險箱不見了會怎樣？

莎樂美說，我們可以推給庫普兄弟。

大家不理她。

梅嘉兒提議，或許我們可以留下一成金額的奉獻稅給教堂。

莎樂美嗤之以鼻。

這是認真的提議，梅嘉兒說。

瑪莉許問，你從哪裡弄到炸藥？她瞇眼透過臉上受傷的軟組織看著我。

我解釋這是社區男人用來嚇走北方潟湖裡的鱷魚。我告訴婦女們，我用豬皮包好了，像香腸似的，所以不會被人察覺。

瑪莉許問，但是炸藥不會把保險箱裡的錢一起炸成碎片嗎？

我承認我沒想到這一點。請別人開鎖可能比較容易。

對，莎樂美說，但是找誰？記住，我們會躲在鄉下，不會在有一堆開鎖店的城市街道亂逛。

說得好，艾嘉塔說。我無法想像我們會在偏遠的泥土小路上巧遇宣傳自己有開鎖專長的人。

沒錯，葛瑞姐說。若是如此，他的生意肯定不太好。

歐娜補充，不過，未必是蹩腳的鎖匠。

對，艾嘉塔說。以後再說吧。她微笑，上半身前後搖晃。她說：我們知道城市在往南駕馬車趕路大約七小時路程外。在春天低地淹水時要更久。

歐娜問，是嗎？

艾嘉塔解釋，這是進城過的男人談起路途時都有的智慧。（莎樂美憋著氣說：

那好吧，算是智慧。）可是，艾嘉塔繼續說，我們不會進城。

對，葛瑞妲說，肯定不會進城。她告訴眾人一個關於城市裡沖水馬桶的小故事（我猜想葛瑞妲出人意料地生平至少進過城市一次，只是我不曉得那是什麼情況）：她壓下把手，發出巨大的噪音，嚇得從馬桶座跳起來，彷彿閃避剛拔掉插銷的手榴彈。

葛瑞妲，艾嘉塔說，妳幹嘛離題？

我不知道，葛瑞妲坦承。她修正說：我緊張吧。

我們都很緊張，艾嘉塔說。我們無法避免緊張。

（我抬頭看歐娜，她在把頭巾包到頭髮上。她嘴角叼著一根黑色髮夾。她伸手整理頭髮時，露出的手臂底側平坦白皙，好像嶄新獨木舟的龍骨。）

艾嘉塔繼續說：我們會需要水源，或許還要給牲畜吃草的土地，我們也會需要越過邊界。

但是哪個邊界？瑪莉許問。

眾人陷入沉默。

我又開口：我把地圖包在一大塊起司上，用普通牛皮紙蓋起來。保險箱在葛瑞妲的馬車後座底下，隨時可以移動。我也收拾了一些洋蔥、肥皂和木柴，以備萬一車輪陷入泥濘時脫困或當火種生火用。（我偷瞄歐娜。我想，她對我很滿意。）

那炸藥和地圖呢？歐娜問。特殊香腸和起司？

也在葛瑞妲的車上，我說。前方的置帽箱裡。

艾嘉塔問，露絲和雪若被送回葛瑞妲的穀倉了沒有？

回來了，奈婕說，我們今天很早就收到庫普——

好，對，對，艾嘉塔打斷。咱別又扯回那個話題去了。

歐娜表示擔心我會捲入麻煩，我會因為共謀被判定有罪。克拉斯已經知道你一直跟婦女們在閣樓裡，表面上是學習縫紉，她說。婦女和保險箱消失之後，一定會怪到奧古斯特頭上。還有誰會曉得鑰匙在哪裡？肯定不是任何女性。奧古斯特會被認定是教唆者。我們怎麼確定奧古斯特不會被彼得斯定罪與懲罰？或逐出教會？

（我很感動歐娜這麼關心我。我不在乎那些事，被判有罪——我確實有罪——或被逐出社區。如果歐娜不在，我幹嘛留下？）

可是地圖，莎樂美改變話題說，讓我鬆了口氣。我們看不懂。

奈婕問她母親是否聽說了消息。

莎樂美回答，什麼消息？

奈婕說，北，東，西，南。

艾嘉塔微笑點頭嘉許，她又左右搖晃了身體。其他人嘟起嘴唇搖頭。

我大膽再次發言，告訴婦女們我做了一個圖解。

婦女們禮貌地微笑，等著我說明。

地圖用的，我說。我解釋我在地圖上畫了個星號，配合說明的文字。

一陣沉默。

我畫出來，又愚蠢地說了一遍。

像米開朗基羅，歐娜向我淺笑說。

妳們會認數字嗎？我問婦女們。我很不好意思這樣問。

是，我們會，葛瑞妲說。我們當然會。

瑪莉許問，是嗎？

葛瑞妲補充，丫頭們會。

奧潔和奈婕點頭附和。

艾嘉塔解釋：奧古斯特，她說，我們會寫自己的名字。就這樣了。我寫自己的名字比種一株油菜更花時間。

葛瑞妲大笑。加上隔年秋天收割的時間，她說。

瑪莉許說其實她不會寫自己的名字，她太忙沒時間學習。以後我會教妳，歐娜說。等我們比較閒的時候。

瑪莉許愣住，想了一下，嚴肅地低下頭。我接受，她說。

歐娜問我，那圖片裡有什麼？

河流、大小道路、城鎮和邊界、鐵路，我說。那只是這個世界，這個天球部分區域的地圖。

瑪莉許問，那是天堂的地圖嗎？

是美洲的地圖，我說。

瑪莉許挖苦地說：那你幹嘛說「天球」？

歐娜問我：你看我們該往哪個方向走？

我來不及回答，梯子上傳來騷動。

梅嘉兒帶著食物回來了，但她很激動。她聽說社區北方發生了大火，據說城裡的男人們會提早回來搶救牲畜。

歐娜說，我們該假設他們也會救我們嗎？

兩位老太太聽了沙啞地大笑，不過很短暫。艾嘉塔停下來喘氣。

那我們該走了，瑪莉許說。我們最好出發。她突然站起來。

其餘婦女也從她們的桶子上站起來。

葛瑞妲反駁，天黑後我們才離開。

我們沒時間等待了，瑪莉許說。她轉向梅嘉兒。妳是聽誰說有火災的？

梅嘉兒不太願意說出是誰。

奧潔問，庫普兄弟嗎？

梅嘉兒點頭。

莎樂美問，庫普兄弟在莫洛奇納幹什麼？

梅嘉兒聳肩。

欸，我不相信庫普兄弟說的有火災，莎樂美說。我認為他們是察覺異狀在嚇唬我們，逼我們出手，讓我們有所行動，提早離開被逮到。他們想當英雄，莎樂美說。他們想當國王。妳有聞到煙味嗎？天色變黑了嗎？牲畜騷動了嗎？蒼蠅靜止了嗎？鳥類亂竄了嗎？梅嘉兒的過敏發作了嗎？沒有，她回答自己的問題。什麼也沒有。根本沒火災。

瑪莉許轉向奧潔。她問，妳和奈婕知道庫普兄弟在莫洛奇納嗎？

奧潔和奈婕不肯回答。她們害怕地左顧右盼。

該不會是妳們洩漏我們打算離開吧，莎樂美說。妳們到底是怎麼搞的？

奧潔哭了起來。

那是失誤，奈婕說。庫普兄弟給我們喝寄生槲伏特加，我們很興奮。我們感覺膽子變大。我們很抱歉，很抱歉。

奧潔哭哭啼啼地說，庫普兄弟不可能告發我們。他們沒辦法及時聯絡上城裡的男人，即使趕路也要花七小時。

梅嘉兒說，我聽說過科提札某些男人有電話。

但庫普兄弟沒有，奈婕說。如果他們有一定會給我們看。

我清清喉嚨。即使庫普兄弟有電話，我說，這裡也收不到訊號。他們必須到崔巴赫山丘上才有訊號。

奧古斯特，你在說什麼？艾嘉塔說。什麼訊號？

我來不及回答，梅嘉兒指出反正這不成問題，因為莫洛奇納的男人沒有電話可以接聽。

我又舉起手說：彼得斯有。

葛瑞妲說，什麼？糟了！

彼得斯擁有電話很多年了，我解釋。他會趁其他男人下田工作時用來玩遊戲。

艾嘉塔說，但是你說，如果庫普兄弟有電話，也必須跑到崔巴赫山丘上？

歐娜臉色蒼白地抱著肚子。

葛瑞妲禱告。艾嘉塔在思索。

奈婕放大聲量堅稱：他們沒有電話！如果他們有一定會拿來吹噓。

婦女們點頭，相信這句話。

艾嘉塔說，所以，庫普兄弟在等我們出手，然後駕車進城去通知男人我們離開了，也可能會親自阻止我們離開。他們宣稱莫洛奇納北方有火災，以為可以逼我們往南走，前往男人們所在的城市，落入陷阱。

唉，歐娜說，那我們就完蛋了。

顯然，我們不會上火災的當，瑪莉許說。如果那是真的，牲畜會告訴我們。我們往北走，遠離那些男人。
葛瑞妲說，但是庫普兄弟可能一開始就阻止我們離開。
那不可能，莎樂美說。那兩個笨蛋瘦子怎麼可能擋得住我們全部人離開。
他們有槍，梅嘉兒說。他們還有馬鞭。
莎樂美說，我們也有。
不對，艾嘉塔說，我們肯定沒有。我們沒有槍和鞭子。喔，我們有馬車鞭子，但是不會用來打人。
葛瑞妲提起她從來不曾鞭打露絲或雪若，就算牠們是馬。
艾嘉塔向她皺眉，受夠了。要不是為了露絲和雪若的安全，奧潔和奈婕就不用同意自貶身價去討好庫普兄弟，庫普兄弟也不會餵奧潔和奈婕喝槲寄生伏特加，奧潔和奈婕不會因為喝醉說溜嘴，透露女人們打算離開莫洛奇納。
莎樂美說她可以弄到一些槍。更好的辦法是，她說，奧古斯特可以幫我們弄些槍來。畢竟，他連炸藥都弄得到。她問我，你行嗎？

我瞠目結舌。我猛抓頭，有頭髮掉下來。

不行，艾嘉塔又說。我們不能使用槍與鞭子。

我還有個顧慮，瑪莉許說。庫普兄弟可能召集科提札和夏克耶克的男人幫忙阻止我們離開。

葛瑞妲聽了冷笑。她說，科提札和夏克耶克的男人對莫洛奇納的女人沒興趣，只要自己人。要是我們離開，他們會自認是贏了莫洛奇納的男人。他們會幸災樂禍傳頌好幾代人。

婦女們不約而同嚴肅地點頭。

科提札出身的庫普兄弟為什麼一開始就這麼想要阻止莫洛奇納的女人離開？莎樂美問。對他們有什麼差別？她的目光看向奈婕和奧潔。

奈婕說：因為他們想要娶我們。

莎樂美從桶子站起來。她告訴奈婕，妳不准嫁給庫普兄弟，或科提札的任何人，沒得商量。

奧潔辯稱：科提札的年輕男女被禁止在社區內通婚，避免生出畸型小孩已經五年了。所以科提札的男生要到莫洛奇納和夏克耶克找老婆。庫普兄弟是這麼告訴我們的。

奈婕說，我想嫁誰就嫁誰。

莎樂美的鼻孔向外擴張。原來，她說，科提札和夏克耶克的男人終究是對莫洛奇納的女人有興趣的。我們不能被他們看到我們離開。都市在莫洛奇納南方。科提札在西邊，夏克耶克在東邊。我們往北走。

‡

這時內蒂／馬文爬梯子上到閣樓。她站在眾人面前，不發一語。艾嘉塔求她開口，告訴我們外面發生什麼事。

內蒂望著窗戶說：孩子們（她用的字是*kjinja*）準備好了。他們洗過澡。換洗衣物收在桶子裡。被單也在桶子裡。靴子在桶子裡。帽子在箱子裡。他們吃飽了。

艾嘉塔說，謝謝，馬文。馬文聽了彷彿百年來第一次露出微笑，第一次有人叫她的新名字。她面向敞開的窗戶微笑，默默感受莫洛奇納的陽光，現在也照到她了。

葛瑞妲問馬文，科內留斯是否準備好了，他的輪椅收好了沒有？科內留斯還是無法跟我們走，馬文向窗戶回答。他媽媽是什麼也不做那一派，科內留斯除了跟著她別無選擇。

奧潔和奈婕皺眉呻吟。莫洛奇納的所有年輕人，尤其女孩，都很喜歡科內留斯，喜歡他的笑話、喜感和創意。科內留斯跟他母親仍然可能改變主意，艾嘉塔安慰小姑娘。或許他們會在別處加入我們。

不，瑪莉許說。這麼講不精確，那是不可能的。男人回來之後，不會允許任何女人離開。

她告訴奧潔和奈婕。總有一天妳們會在天堂見到科內留斯，她說，那時候他就可以走路。他會跑去擁抱妳們。

小姑娘猶豫地點頭。（我猜想她們想要的不是擁抱科內留斯。）
艾嘉塔雙手撐在桌上。馬文，她問道，妳也準備好出發了嗎？
馬文沒回答。大家等待著。
沒有，馬文終於說。我還沒準備好。
婦女們發出警覺的噪音，有些人似乎想要講話。
接著馬文說：但是我會跟妳們走。
婦女們微笑且安心地嘆氣。葛瑞妲說，是啊，畢竟，我們有誰能說真正準備好了呢？
莎樂美說，我可以。
馬文，艾嘉塔說。請回去接小孩到學校旁邊的休耕田地一起等候。
她指示馬文讓小孩們玩特定遊戲，或許漂泊的荷蘭人[10]，隨時注意田地邊的趕

10 Flying Dutchmen，扮海盜遊戲。

牛小徑。離開莫洛奇納途中，其他婦女會去接他們。我們至少會有十輛馬車和十組馬匹，艾嘉塔說。

葛瑞妲補充，包括露絲和雪若。

瑪莉許說，我操，老媽，拜託別說了。（歐娜和我交換個眼色。我猜想這次脾氣爆發讓她跟我一樣驚訝。但葛瑞妲只是暫時閉上眼睛低下頭。）

我們最強壯的人，艾嘉塔說，會跟著馬車和其他牲畜步行，包括充當馱獸的幼馬，如果小孩們不安想要先走的話就陪孩子。

歐娜聞言微笑，複誦這個片語：先走。

馬文點頭。接著她向莎樂美說：妳兒子艾倫不見了。

莎樂美看著馬文，看看其他婦女。她站起來。什麼？她說。不見是什麼意思？

他沒有跟別的孩子來戶外廚房吃午餐，馬文說。

但不表示他失蹤了，莎樂美說。她走到窗邊。她告訴大家，我交代艾倫把馬準備好，餵馬喝水，摘掉馬鞍墊毯的毛球，清理牠們的蹄。所以他一定在穀倉裡，她說。他沒有失蹤。

馬文對著窗戶說話。

我聽不到她說什麼。

莎樂美抓住馬文的手臂。直接跟我說，她堅持。不要對窗子說。拜託。我不會傷害妳。我不是妳的敵人！

但馬文很怕莎樂美，退後一步。

妳冷靜一點，艾嘉塔命令莎樂美。她轉向馬文。妳很安全，她說。我們會找到艾倫的。

但是我們馬上要離開了，莎樂美說。沒有他我就不走。

瑪莉許似乎忍不住了，指出剛才莎樂美還堅持她準備好出發了。

我們都會丟下一些人，瑪莉許說。很難過，很困難，憑什麼莎樂美有特權為此鬧脾氣？

莎樂美爬下梯子。

馬文再次低聲向窗戶說話。有些小孩告訴我艾倫不想走，她說，他覺得跟幼童和婦女離開很愚蠢。

莎樂美爬到梯子底端，站在穀倉地板上。她從中間高度往下跳。我們聽到一聲悶響。

艾嘉塔大叫，莎樂美，回來！

歐娜低頭叫莎樂美。有人會找到艾倫，她說。最後他一定會跟我們走。

馬文還站在窗邊講話。她告訴我們莎樂美在奔跑，她的裙子在身後飛舞，她彎腰逆風，踢起了一些塵土。

我們得保持冷靜，艾嘉塔懇求眾人。莎樂美會回來，她說。她會找到艾倫說服他離開。馬文，趕快回去小孩那邊，把他們帶到田裡去玩遊戲。

萬一她無法說服艾倫呢？歐娜問。如果他不走她就不肯跟我們走。那梅普怎麼辦？

艾嘉塔點頭。我們有些問題，她退讓說。讓我想想。

歐娜說，或許莎樂美會允許我帶走梅普，當她的臨時監護人。

我在紙上的字跡變得潦草。

婦女們講得太快我跟不上。她們在策劃。清單對我們沒有用，艾嘉塔跟我說，但我還是必須跟上盡量列出清單，比較年長的男孩，應該是像艾倫的年紀，如果找到他，如果他跟著走，就能夠唸出來給婦女聽。

我問艾嘉塔，什麼清單？

好東西啊，她說，紀念物、植物。凡是你覺得算好東西的，請寫下來。她笑了。（我察覺在笑聲的背後，她的呼吸紊亂又吃力。）

感謝你的努力，奧古斯特，她說。約翰和莫妮卡（多年前被逐出教會，現在已經過世或失蹤的我父母的名字。說來話長，但是莫洛奇納人都很熟悉）會很以你為榮。上帝保佑你。

淚水從我臉上流下。好，我會做清單。

婦女們起身，準備離開閣樓。

艾嘉塔呼吸沉重，歐娜擔心地看著她。媽，她說，這趟旅行會很辛苦而且危險。

艾嘉塔笑了。我知道啊，她說。

今天也是上帝創造的日子，她又說。我們來開心度過吧！

接著，她柔聲對歐娜說：我不想埋葬在莫洛奇納。扶我上馬車，我寧可死在路上。

歐娜大笑，但是眼中泛淚。

我幾乎寫不下去。

婦女們互相幫忙，魚貫爬下梯子。

歐娜說，奧古斯特怎麼辦？（備註：這是我聽到她說的最後一句話。）

我微笑，結巴，揮手。我好糗。

艾嘉塔最後一個爬下去。我站起來。

艾嘉塔轉身向我微笑。奧古斯特，她說，你可以娶我們家歐娜嗎？

我微笑回應艾嘉塔。我求之不得，我說。這些年來我問過歐娜很多次，要求牽手。

艾嘉塔問，她總是拒絕嗎？

我又微笑，大聲喊歐娜：告訴妳最後一件事實，歐娜，我說……我會永遠愛妳！

我聽到歐娜笑了，但我已經看不到她。她要走了。

艾嘉塔往下爬，快到梯子底端了。

她也愛你，奧古斯特，艾嘉塔說。她調息呼吸。她愛所有人。

‡

我沒有這些婦女該怎麼活下去？

我的心臟會停掉。

我會設法教男孩們關於歐娜的事。她會成為我的北極星，我的十字架，我的東西南北，我的新聞，我的方向，我的地圖和我的炸藥，我的步槍。我會在每份課綱頂端寫著歐娜的名字。隨著太陽逐漸消失，溜去跟世界其他地方分享它的光明與溫暖，一切都屬於所有人，我想像著全世界所有門諾派社區裡的校舍，該是做家事、吃晚餐、禱告和睡覺的時候了，孩子們乞求老師再說一個歐娜的故事，原本是魔鬼的女兒，卻變成上帝最寶貴的孩子。莫洛奇納的靈魂。

即使地獄之門也關不住她。

當門諾派社區的長老和主教們傳頌掃羅改宗的故事，他們同時也會複述、引用和咒罵歐娜的故事，她的一頭亂髮、骯髒裙襬、放蕩笑聲和喜愛事實（蜻蜓有六隻腳但不會走路！），這對她或許也對所有莫洛奇納人就像夢境，當男人的夢境變成我們的真實，當門諾．西蒙斯[11]的狂熱願景變成文字，當彼得斯的憤怒解讀成為我們的窄路，而事實只存在於外界，我們無法融入可能沒也可能有歸屬感的世界，我們無法得知，真正的事實就有了神祕的重要性令人敬畏，它們是禮物、私下主張、貨幣，它們是聖餐、血液、禁忌，試想像：胎兒可以傳送幹細胞到器官幫助修補母親的受損心臟或任何器官，甚至大腦；聽聽看：兩位苦於心臟衰弱的婦女後來被發現她們心臟裡含有出生多年的兒子的胚胎演變而來的男性細胞……所以我激發了歐娜喜愛精確但也喜歡神祕河流與祕密遊戲，她的擁抱、她的親切、她的未出生小孩、彌補和令人不安的夢想，對神話、瘋狂、搶先、傾聽和獨處和對天揮拳、屋頂和洗衣場和明亮眼神的熱愛，眼神隨著故事進展發亮，讓殘酷成為微弱的火焰，然後消失。

艾嘉塔伸手上來拍拍我的膝蓋。這時我俯瞰著她，我也彎腰去摸摸她肩膀。她往下爬，伸出她的手按按我的手。我提醒她要雙手抓緊梯子。

她叫我留在閣樓上等莎樂美，她會回來這兒找大家。

艾嘉塔說，轉告她，我們在校舍後面集合。

我說，艾倫怎麼辦？

沒有回應。婦女們已經出了閣樓。

‡

11 Menno Simons，1496-1561，十六世紀荷蘭神學家，門諾派創始人。

照艾嘉塔要求的清單如下。

太陽。

星星。

桶子。

新生兒。

收穫。

同伴。

聲音。

窗戶。

乾草。

弗林特。

線軸。

無用事物。

我母親。

我父親。

語言。

軟組織。（即使保護人體的硬組織，僵硬內骨骼時仍能保持彈性與重塑能力。社區。通常以不是社區的東西來定義。我彷彿聽到瑪莉許的聲音在嘲笑：奧古斯特，你幹嘛那樣講話？）

夢想。（關於石砌的小屋，可以一夜間輕易拆掉用貨車載走，在別處重建，然後再拆解，每次拆除後，石頭的白堊質就磨損一點點，直到房子小到已經不像房子了。在我的夢中，歐娜會負責處理這些房子，而且似乎總是在公開辯論房子是否該修復、保存或依照自然法則，讓它自然腐朽。如果房子是可以拆解的非永久物品，如果一再拆解房子它們就會腐朽成粉末，那我們不是應該順其自然嗎？這是它們的天命。如果我們不想要房子腐朽，那一開始就必須用不同的方式蓋。但我們肯定無法保存蓋了就注定會消失的房子。在我夢中，參與公開辯論的某些人不同意歐娜看法。他們說：但這是傳承或歷史地標、古物與歷史實體紀念物的問題。而歐娜會在我夢中微笑著說，唉，但那是另一回事啊！）

蒼蠅。

糞肥。

風。

女人。

我的清單越來越長，不像清單。清單的字源 *liste* 出自中世紀英語，意思是慾望。也是「傾聽 listen」一字的字源。

這時我聽到講話聲，從梯子向上攀升。

兩位小姑娘奧潔和奈婕出現在閣樓裡。她們看到我很驚訝。她們說，快點，躲起來。

六月七日

奧古斯特・艾普，會議之後

我躲在乾草堆裡的時候：

庫普兄弟來到閣樓。他們低沉的男性聲音很緊張，很奇怪。奧潔和奈婕小聲跟兄弟倆說話，發笑，幾段緊張的呼吸聲。我在乾草堆裡聽不清楚，耳朵裡有乾草。他們在某個閣樓角落，我躲藏處的對角一起躺在最低矮的橫梁下。他們接吻。女孩們笑了。他們唸唸有詞。叫男孩們閉上眼睛。然後寂靜無聲。我聽不到。我看不見。然後我聽到熟悉的聲音，是莎樂美。

我聽到腳步聲走向我。我臉上的乾草被撥開。我看到莎樂美！

她叫我出來。

我手腳並用爬出乾草堆，害怕我會看到的景象。

奧潔和奈婕站在莎樂美旁邊，看著我。她們摘掉蓬鬆凌亂的頭髮上的乾草。她們的頭巾時髦地綁在手腕上，白襪往下捲到腳踝處。庫普兄弟躺在她們後方，不是睡著就是死了，動也不動。我看著莎樂美等待答案。

她說她用顛茄噴劑把他們迷昏了。她說是她指示奧潔和奈婕兩人用親熱當誘餌把庫普兄弟引誘到閣樓，發出大量噪音讓她悄悄潛入閣樓。她告訴我這下子庫普兄弟無法進城去告密了。

她叫女孩們去校舍後面等候的馬車上。該走了。

女孩們羞怯地向我揮手道別。她們回過頭說，再見，艾普先生。她們爬下梯子，活潑地笑著跑走，離開穀倉，離開莫洛奇納。

我問莎樂美，可是艾倫在哪裡？

她說她找到他了，他已經上了馬車待命。

妳說服他離開了？我問她。

不，她說，我沒有。我也用噴劑把他迷昏。

我瞪大眼睛，開口想說話。

莎樂美說，我是不得已的，他不能留在這兒。這就像我半夜撿了個睡著的小孩把他帶離失火的房子。

是嗎？我問。萬一他改變主意呢？

莎樂美搖搖頭。那就太遲了，她說，我們已經走了。他得跟我走。他是我的孩子。

我點頭。她說她也迷昏了疤臉珍絲。

我沒辦法，她又說。她打算跑去城裡通知男人。

我問她，可是她知道怎麼去嗎？

不，莎樂美說，當然不知道。

那就不構成威脅，我說。沒必要迷昏她。

但是我怕，我們的戰士，也是我們的隊長莎樂美說。

我很想告訴她如果艾倫再度逃離莎樂美，跑回莫洛奇納，我會盯著他。照我們學會的說法，我會跟他同行。

但是莎樂美要走了。她反而要求我盯著庫普兄弟。確保他們昏迷七八個小時，足夠讓婦女們離開莫洛奇納。她交給我一個顛茄噴劑的容器。

如果他們太早醒來就再噴一次，她說。但是別讓長老們發現你有這個東西。
她大笑。
我問她，妳從哪裡弄來的？
她說這個一直放在彼得斯的乳牛棚裡。
我問道，彼得斯的牛棚？（彼得斯是顛茄噴劑的保管者，不曉得是好事還是壞事？）
莎樂美已經轉身走向梯子。
她說，再見了，奧古斯特。
我請她等一下。我走過去，把我的手放在她手肘上方多肉部位的手臂上。她沒有畏縮。她迎向我的目光。
請好好照顧歐娜和她的小孩，我說。
莎樂美點頭，允諾她會。歐娜是她姊姊，是血親，小孩也是。
她開始往下爬。我們真的要趕快了，她說。

但妳們不是逃亡，我說。妳們不是逃離燃燒建築物的老鼠。她又笑了。
沒錯，她說。是我們選擇離開。
我想要說，但艾倫沒有。我說，莎樂美。
怎麼了，奧古斯特？你沒發現我多麼堅決要離開嗎？她笑道。
別回來，我說。妳們任何人，永遠別回來了。
她又笑了。她點頭，告訴我她會想念我，要當個好老師，還有我的頭髮上有乾草。
喔！等等！我告訴她。
奧古斯特！她生氣地說。
我跑到桌邊，就是那塊夾板，拿起我的會議紀錄簿，跑回梯子邊。
請把這交給歐娜，我說。
可是你知道她不識字，莎樂美說。她會怎麼處理？用來當火種？
她的小孩可以看懂，我說。叫她留著，別用來當火種。

莎樂美又大笑。我一直沒發現她很愛笑，像她母親，和莫洛奇納的所有婦女。每口氣都用來發笑。

莎樂美說，除非我們沒別的東西生火。

對，我說，除非那樣。我心想：生火，取暖，會議紀錄會帶給婦女生命，就像她們給我生命。話語和文件是無用的。唯一重要的是生命。遷徙，移動，自由。我們想保護自己的小孩，我們也想要思考。我們想要維持我們的信仰。我們想要這個世界。我們想要這個世界嗎？如果我在世界之外，生活在世界之外，我的生活之外，如果我的生活不在世界裡，那麼有什麼用處？教書？如果不教世界上的事，教什麼？

有短暫的片刻我懷疑庫普兄弟是否說了實話，莫洛奇納北方有沒有火災。或許他們有可能比牲畜更快察覺到牠們尚未察覺的事。如果北方有火災，而南方城市裡有男人，東西兩方又有科提札和夏克耶克社區的監視目光，那婦女們何去何從？

但是北方肯定不會有火災。現在我必須等庫普兄弟恢復意識問清楚真相。

我向莎樂美說，後會有期——這是我們傳統的道別方式。

後會有期，她回答說。

莎樂美收下筆記簿，爬下梯子。

我走到窗邊看著她從穀倉跑走。我只瞥見一眼排列在校舍後面的馬車隊。

‡

等待庫普兄弟醒來的期間：

婦女們離開後，我也打算離開。我原本的計畫是自殺。但是不知不覺間我在監視庫普兄弟，確保他們昏迷夠久讓婦女們走得夠遠。

不久前，我在庫普兄弟之一，名叫約倫或希比的哥哥臉上噴了少量顛茄。庫普兄弟的哥哥在睡夢中喊叫踢腿，好像準備站起來。現在他安靜了。

兄弟倆的呼吸都很規律，深沉，臉色不錯，很健康，脈搏穩定。我把兩人都翻身側躺以免他們萬一嘔吐噎到。我塞了些乾草在底下，把他們的頭稍微墊高。他們長繭強壯的雙手交握成禱告的姿勢，指尖輕觸下巴。顯然兄弟倆都沒用過刮鬍刀。他們面對彼此，不過當然是昏迷中，如此接近時兄弟倆長相像得驚人。或許是雙胞胎？不過那個叫約倫還是希比的肯定比另一個高大壯碩多了。他雙腳比較大，至少牛仔靴看起來如此。這麼說吧，約倫解開了他的皮帶扣和褲子上的幾顆鈕釦。我解決了，扣好他的鈕釦和皮帶釦。希比的襯衫下襬沒塞進去。我也整理好了。

閣樓裡好安靜。婦女們走了。我站在窗邊看著她們離去。我心想：我是走投無路才來到莫洛奇納，為了平靜與找尋人生目標，婦女們離開莫洛奇納也是相同的理由。

她們開始移動之前，車隊前端有些騷動。有一匹馬直立起來，應該不是太老太膽小無法鬧事的露絲或雪若，把馬車的車軸往右方偏移，搞得無法前進。車軸必須校正，也得安撫馬匹。但是騷動結束，馬和馬車排好了隊形，至少有十二輛吧，裝載著婦女、小孩和補給品。他們離去至少兩百米後，我已經無法辨認人臉或體型。

起先，我好像聽到婦女在唱歌，但又改變想法，深知在這種節骨眼婦女不會做引人注目的事情，可能永遠不會。那只是風吹過恩尼斯特．席森的穀倉外面長草區發出的呼嘯聲，不是歌聲，不是歐娜清澈高亢的女高音。也可能是歌聲，但出自我的幻想，或回憶。

我站在窗邊。車隊第四輛車好像有張臉從前方布幕探出來，舉起手在道別？

我有槍。我一直都有。先前莎樂美——還是瑪莉許？——問婦女們有沒有槍的時候，我可以送給她們的，但我保持沉默。真自私。我們瀕臨滅絕的語言為什麼沒有表示救贖的字彙？真希望我有把槍送給她們。艾嘉塔、葛瑞妲、歐娜和比較年輕的女性會拒絕接受，但莎樂美有可能，或者梅嘉兒，甚至瑪莉許可能被說服。

兩天前，我在歐娜家和我家之間的泥土路上遇到她時，我手上也拿著槍。影子漸漸變長，我們談話時一直側步站到陽光下，如我先前提過，那時我想問但是不敢問歐娜是否認為我令人想起邪惡。那天我又哭過了，在莫洛奇納外圍的田野亂逛，決定開槍自殺。當我看到歐娜在路上，考慮過跑掉或把槍丟進玉米田裡，但我卻只愣在原地望著她走過來。

她走近時在微笑，幾乎有點像蹦跳，一邊揮手。我們面對面之後她問我要去哪裡，我在幹什麼，我回答沒有要去哪，也沒幹什麼。她問我是否要去打獵。我說沒有，不是打獵。我瞄一下槍說，喔，這個啊，謊稱我要把它還給合作社。

她問我，但是怎麼會在你手上？

我望著她的眼睛無法自拔。她不笑了。我們沉默不語。

她想說話但又忍住。我低下頭。我不想讓她看到我又哭了。她牽我的手，我們往陽光踏出第一步，離開我們周圍形成的陰影。她把我的手放到她懷孕的肚子上跟我說，彷彿她能看穿我的心思，她有為我禱告，她祈禱我能找到上帝的恩典，讓我成為善良與希望，還有暴力後的生命的象徵。她指的是我母親，還有我父親——不是撫養我然後失蹤的人，而是小彼得斯。

我父親被逐出教會不是因為給居民看米開朗基羅的名畫，我母親也不是因為她用擠牛奶時間在穀倉經營祕密女生學校。我們被趕走是因為到了十二歲，我接近成年邊緣，長得跟彼得斯極其酷似，我變成了社區裡，或至少對彼得斯而言，一個恥辱、暴力、未承認的罪孽與門諾派實驗失敗的象徵。

是真的嗎？可能嗎？邪惡在哪裡？在外界或是在圈內？在黑海的寧靜海面上或在海底的神祕河流中，一切都不會腐爛，但只是因為沒有空氣，沒有呼吸。沒有移動。沒有生命。

我小時候在英國期間，我母親在圖書館工作。我們孤苦伶仃。我爸跑了，他自己開車到機場把車丟在停車場裡。他已經上千年沒睡覺了。他上了一架飛機。

我媽從圖書館拿書回家。不斷有書本回家，而父親們只會逃家。我媽向我解釋有個法國作家福樓拜（Flaubert），舊姓「福洛拜」（Flobert），他十五歲就寫了個叫作〈憤怒與無能〉的故事。她用蹩腳的法語和英語唸給我聽，斷斷續續，充滿了停頓，因為兩者都不是她的母語，瀕死語言她用來和我分享祕密……福樓拜夢到墳墓裡的愛情。但是夢境蒸發而墳墓還在。那就是福樓拜的故事，或許也是莫洛奇納的門諾派信徒的故事。

現在回想很怪——或許以前也是，但我沒察覺到——回想起我如何背誦（喔，我為什麼用「背誦」這個字，好誇張，好搞笑），我如何向獄友**重複**這些話，包裝在我母親的記憶中，福樓拜的話，關於愛與死亡，夢想之死，也可能不是死亡。我講完之後，一部分頭皮被粗魯地刮掉了，我拼命抓頭的部位，彷彿我在尋找什麼東西的來源，我失落的東西，痛得令人瘋狂。為什麼一提到愛，一想到愛，失去愛的記憶，愛的希望，愛的終結，缺乏愛，對愛的灼熱需要，愛人的需要，結果會有這麼多暴力？

莫洛奇納。

歐娜拉起我的手放在她的肚子上，直到我感覺到她體內的生命，我不禁微笑。彼得斯為什麼允許我回來社區？圖書館員為什麼建議我回來莫洛奇納？閣樓的婦女們教了我意識就是反抗，信仰就是行動，時間會流逝。但是信仰也可以是回歸、停留、服務嗎？

在田壟上交叉拖犁的人，也有許多貢獻。

彼得斯心裡有沒有微小但重要的部分渴望尋求和解？我不能知道嗎？或甚至如果不是彼得斯重要渴望的部分而只是發光的餘燼，我不能希望它變大嗎？若是如此，我留在莫洛奇納這裡不能成為非邪惡，而是上帝恩典的實證嗎？

我不知道。我只知道一個事實：我活著教導基本閱讀、寫字和數學，主持漂泊的荷蘭人遊戲，比腦袋挨槍死在田地裡更有用。歐娜一直知道這一點。她說她要請我幫一個忙，她需要我幫婦女會議做紀錄。起初我猶豫，但我能找什麼藉口呢？我該怎麼跟她說？真不巧我無法做會議紀錄，因為我要開槍打爆自己的頭？

現在我發現我早已經用我的眼神、我的沉默和那把槍這麼告訴她了。（尤其是用槍。）

我問她如果婦女們看不懂，會議紀錄又有什麼用？（但她也可以改問我，如果你不在世界上，活著又有什麼用？）

她就在那個時候告訴我，松鼠與兔子和牠們祕密遊戲的故事，還說或許她不該看到牠們在玩——但她**看到了**。或許婦女們沒有理由**保留**她們看不懂的會議紀錄。

自始至終，就是要我**記錄**下來。

目的是要我去保留紀錄。和生命。

我露出微笑。我看到世界像波浪般逐漸湧現，不因海洋和海岸而靜止。會議紀錄根本沒意義。我不禁笑了。

我站在窗邊嗅著空氣尋找煙霧的跡象，但是沒有，就算有，我也聞不出來。

婦女們會一路闖進大火中嗎？

我看著熟睡，應該說是失去知覺的兄弟倆，默默懇求他們告訴我實話。

致謝

我的感激歸於少了她們就寫不出這本書的三位女性：我的編輯 Lynn Henry；我的經紀人 Sarah Chalfant；與我的母親 Elvira Toews。

我也想要問候全世界活在父權、專制（無論是否為門諾教派）社區內的所有女性。勿忘愛與團結。

藍小說 293

沒有聲音的女人們

作　者—米莉安．泰維茲
譯　者—李建興
編　輯—張瑋庭
美術設計—賴佳韋
內頁排版—極翔企業有限公司
副總編輯—嘉世強
董事長—趙政岷
出版者—時報文化出版企業股份有限公司
108019臺北市和平西路三段二四〇號三樓
發行專線—（〇二）二三〇六—六八四二
讀者服務專線—〇八〇〇—二三一—七〇五
（〇二）二三〇四—七一〇三
讀者服務傳真—（〇二）二三〇四—六八五八
郵撥—一九三四四七二四時報文化出版公司
信箱—10899臺北華江橋郵局第99信箱
時報悅讀網—http://www.readingtimes.com.tw
電子郵件信箱—liter@readingtimes.com.tw
法律顧問—理律法律事務所　陳長文律師、李念祖律師
印　刷—盈昌印刷有限公司
初版一刷—二〇二〇年六月十九日
定　價—新臺幣三五〇元
（缺頁或破損的書，請寄回更換）

時報文化出版公司成立於一九七五年，
並於一九九九年股票上櫃公開發行，於二〇〇八年脫離中時集團非屬旺中，
以「尊重智慧與創意的文化事業」為信念。

沒有聲音的女人們/米莉安．泰維茲（Miriam Toews）著；李建興譯
.－初版.－臺北市：時報文化, 2020.06
面；　公分.－（藍小說；293）
譯自：Women Talking
ISBN 978-957-13-8236-4

885.357　　109007649

ISBN 978-957-13-8236-4
Printed in Taiwan